家康（三）

長篠の戦い

安部龍太郎

幻冬舎時代小説文庫

家康㈢

長篠の戦い

第二巻
までの
あらすじ

織田信長との同盟のもと、武田信玄に挑む徳川家康。

いったんは版図拡大に成功するものの、引き換えに信玄との深い因縁を抱える。

三年後、三方ヶ原で兵刃を交える両者。

結果、徳川勢は一千人もの兵力を失う大敗を喫した。

多くの犠牲は三十一歳の家康に何を授けるのか。真の天下人への道はここから始まる。

足利義昭

対立

織田信秀

お市の方

織田信長

家臣

徳姫

羽柴秀吉

明智光秀

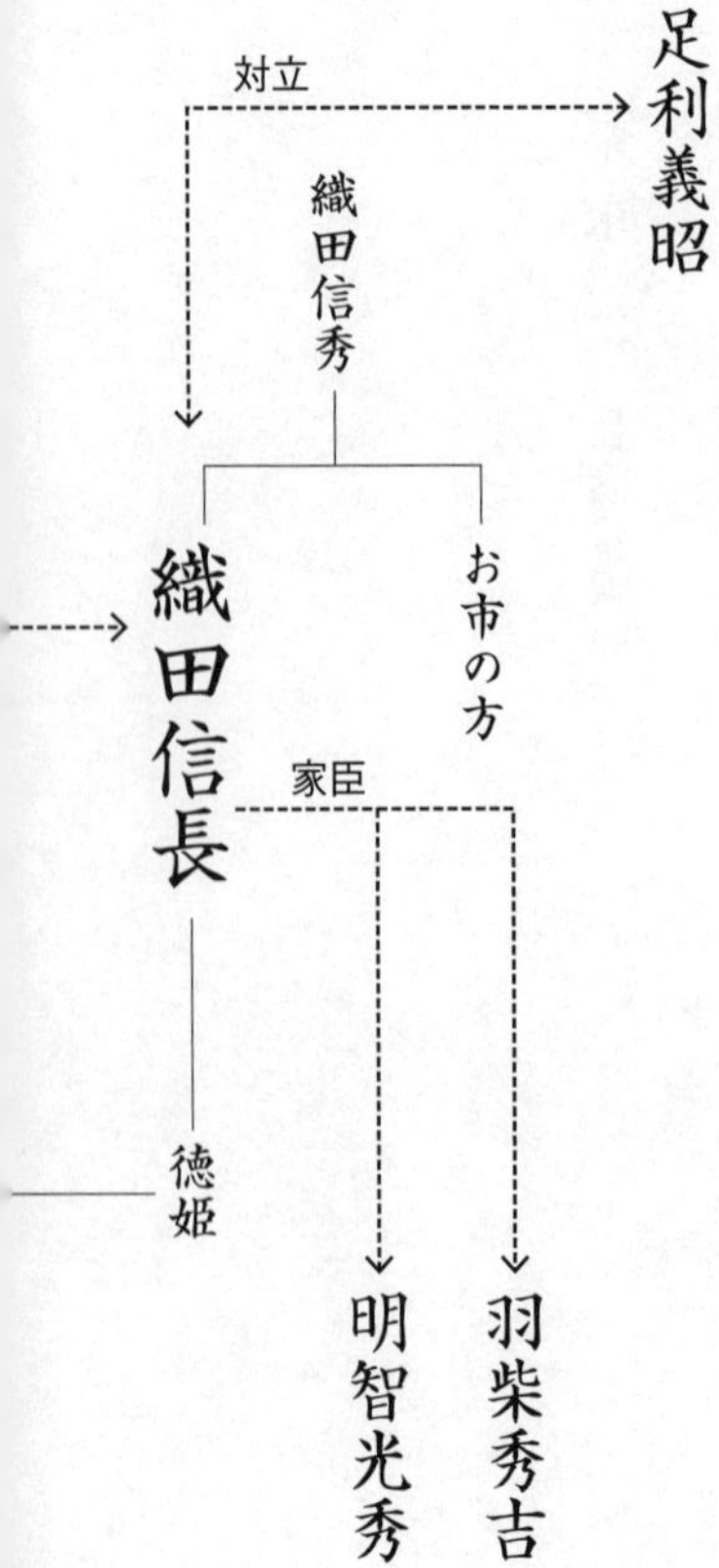

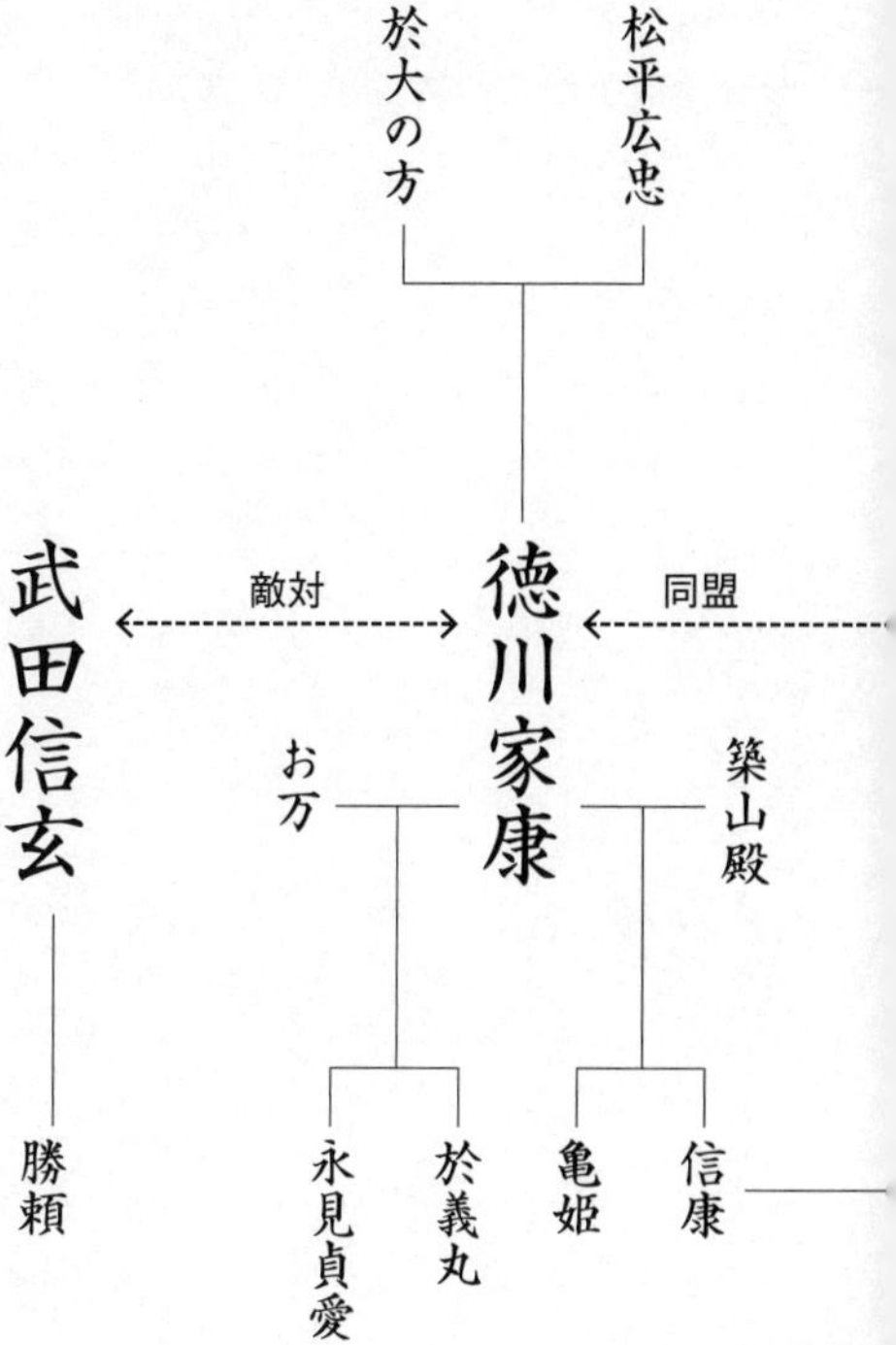

家康重臣

酒井忠次　石川数正　本多正信　平岩親吉　鳥居元忠

松平康忠　服部半蔵　本多忠勝　榊原康政

目次

第一章 再起への道 9
第二章 信玄死す 63
第三章 勝頼南下 117
第四章 長篠の戦い 179
第五章 戦の後 249
第六章 伯父信元 305
解説 熊谷達也 367

第一章

再起への道

三方ヶ原の戦い、直後の情勢

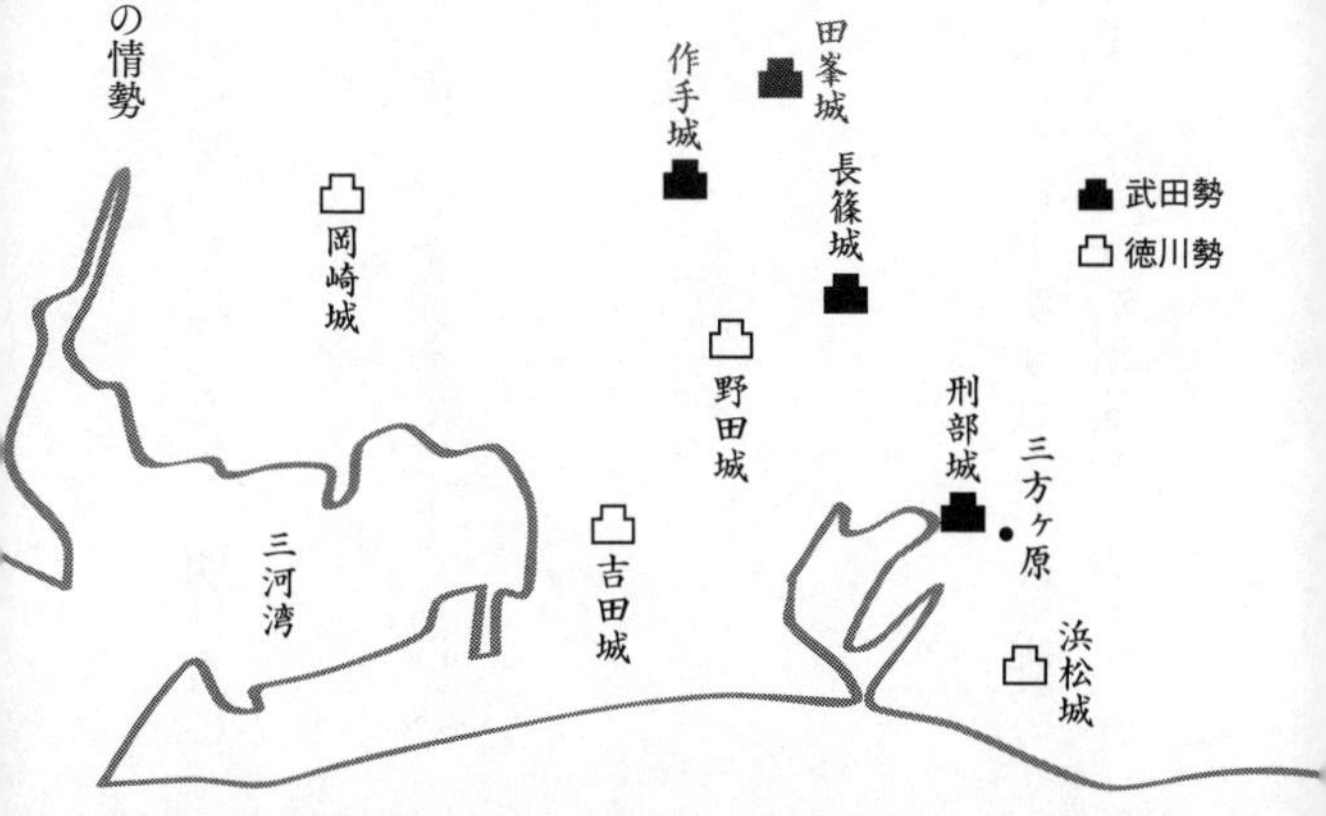

元亀《げんき》四年（一五七三）の元日は雪になった。

大晦日《おおみそか》の夜から降り出した雪は、夜半になるにつれて勢いを増したが、明け方にはぴたりと止《や》んだ。

久方ぶりの純白の年明けである。

浜松《はままつ》城で年を越した徳川家康《とくがわいえやす》は、夜明けとともに宿直《とのい》の者を従えて富士《ふじ》見櫓《みやぐら》に登ってみることにした。

「お寒うございます。これを」

お万《まん》が綿入れの長着を差し出した。

「おお、すまぬ」

家康は綿入れに袖を通した。

「わたくしもお供してよろしゅうございますか」

「今朝は一人で行く。部屋を暖かくして待っていてくれ」

三方ヶ原《みかたがはら》の戦いに大敗してから、十日もたっていない。槍《やり》で突かれた右の太股《ふともも》の付け根の傷はまだ痛んでいたが、富士見櫓に一人で立って一年の計をめぐらしたかった。

櫓の最上階からながめる景色は、息を呑《の》むほど美しかった。

野山も平野も一面の白。

東をのぞめば天竜川《てんりゅう》がゆったりと流れて遠州灘《えんしゅうなだ》へとそそいでいる。灰色の空を映して鉛色に見える川は、白い大地を区画する結界のようだ。

その向こうにうっすらと富士山《ふじさん》が見える。

目を西に転じると、浜名湖《はまなこ》の向こうに湖西の山々が白い尾根を連ねている。ここから吹き下ろす西風は強烈で身を切られるようだが、幸い今日は風はおさまっていた。

北には三方ヶ原の台地が広がっている。家康が甲斐《かい》の武田信玄《たけだしんげん》に大敗し、千人以上もの家臣を討死《うちじに》させた場所である。

まだ大地は血に染まり、亡骸《なきがら》も放置されたままだろうに、雪はすべてをおおって白く輝いていた。

(大負けに、負けた)

家康は後悔に胸をさいなまれ、太股の傷跡に手を当てた。

痛みのために右足が麻痺《まひ》し、鐙《あぶみ》を踏みそこなって危うく落馬しそうになった。こんな状態で敵に組みつかれたら終わりだと、全身に寒気が走ったことをまざまざと思い出した。

(だが、わしは生きている)

家臣たちが身を挺《てい》して守ってくれたこの命があると、家康は大きく息を吐いて己《おのれ》に言いきかせた。

宿敵信玄は刑部《おさかべ》と金指《かなさし》に軍勢をとどめたまま越年している。

三方ヶ原に大勝した余勢をかって浜松城に攻め寄せてくるかと思ったが、うずくまったように動かないのはなぜか……。

家康は敗戦の翌日から服部半蔵《はっとりはんぞう》に武田軍の様子をさぐらせていたが、その理由を知ることはできなかった。

もし浜松城を素通りして尾張《おわり》の織田信長《おだのぶなが》と決戦にのぞむつもりなら、戦勝の翌日には本坂《ほんざか》街道(姫《ひめ》街道)を通り、吉田《よしだ》城(豊橋市)に攻めかかるはずである。

守備兵は二千人ほどしかいないし、城主の酒井《さかい》忠次《ただつぐ》は浜松城にいて動きがとれないのだから、三万二千の大軍をもってすれば攻め落とすのはたやすい。

そうして周辺の国衆《くにしゅう》を身方《みかた》につけ、東海道《とうかいどう》を西上して岡崎《おかざき》城を攻めれば、倅《せがれ》の信《のぶ》康《やす》では守り抜くことができないだろう。

（それなのに、なぜそうしないのか）

考えられる理由は二つしかなかった。

ひとつは信玄が主導し、将軍足利義昭《あしかがよしあき》まで身方に引き入れて築き上げた信長包囲網に、不都合が生じたこと。もうひとつは信玄の病《やまい》が悪化し、これ以上進軍できない容体におちいっていることだ。

以前から肺の病をわずらっているというから、湖西山地から吹きつけてくる寒風はさぞ骨身にこたえることだろう。

あるいは遠州の神々が、家康に身方してくれているのかもしれなかった。

武田はどうする、信玄はどう動く。

皆が息をひそめて動向をうかがっていると、一月七日になってようやく知らせがもたらされた。

「武田勢が動きました。鳳来寺《ほうらいじ》道をたどって長篠《ながしの》方面に向かっております」

服部半蔵が伝えた。

三方ヶ原の合戦で多くの配下を失い、自身も左腕に鉄砲傷を負っていたが、残存の者たちだけで立派に役目をはたしていた。

「全軍か。それとも秋山虎繁《あきやまとらしげ》らの別動隊だけか」

「全軍でございます。刑部や金指、井伊谷《いいのや》には、わずかな押さえしか残しておりませぬ」

「信玄は、やはり輿《こし》か」

「軍勢の中に三丁の輿がありました。そのうちのひとつに乗っているものと思われます」

家康はさっそく評定《ひょうじょう》を開き、皆にこのことを伝えた。

集まったのは酒井忠次、石川数正《いしかわかずまさ》、鳥居元忠《とりいもとただ》。それに信長が援軍としてつかわした林佐渡守秀貞《はやしさどのかみひでさだ》、佐久間信盛《さくまのぶもり》、水野忠守《みずのただもり》である。

援兵三千の大将は平手汎秀《ひらてひろひで》だが、武田勢の追撃にあって討死した。

水野勢をひきいてきた水野信元《のぶもと》は、武田勢の先に回って鉄砲を撃ちかけると本隊から離脱したが、いまだに消息が不明である。

討死したのか、それとも無断で自領にもどったのかも分からないので、弟の忠守が水野勢の指揮をとっていた。

「方々《かたがた》、この武田の動きをどのようにご覧になりますか」

温厚な忠次が進行役をつとめた。

「野田《のだ》城を攻め落とし、ここを足場に吉田城を攻めるつもりではござるまいか」

元忠が節くれ立った指で絵図を指した。

長篠から豊《とよ》川ぞいに下れば、野田城までは二里（約八キロ）、吉田城までは六里ばかりだった。

「そうではござるまい。吉田城を攻めるつもりなら、三方ヶ原の戦《いくさ》の後にすぐに向かったはずでござる」

そうしなかったのは何か理由があるはずだと、数正がいつものようにうがった見方をした。

「何でござる。その理由とは」

元忠が気色《けしき》ばんで問い返した。

「それは分かりませぬが、半月以上も手をこまねいていた信玄が、今さら吉田城を攻めるとは思えませせぬ」

「長篠から作手《つくで》を通り、岡崎城を攻めるつもりではないでしょうか」

忠守が遠慮がちに口をはさんだ。

家康の母於大《おだい》の兄にあたる。信元とはちがって、控え目で気配りのできる男だった。

「確かにその道なら、山家三方衆《やまがさんぽうしゅう》の領内ゆえ安全に通ることができましょう。しかし、この雪で道が封じられているはずでござる」

数正が即座に無理だとはねつけた。

林秀貞と佐久間信盛は、今さら何を言っても仕方がないと言いたげに口を閉ざしていた。

「殿はどのようにお考えでござろうか」

忠次が頃合いを見て、家康に水を向けた。

「わしも武田は吉田城を攻めるつもりはないと思う。戦に大勝しながら半月ちかくも動かなかったのは、初めの計略に狂いが生じたことと、信玄の病が悪化したことが原因だろう」

「病気の噂《うわさ》は我らも聞きましたが、まことでございましょうか」

「二俣城《ふたまたじょう》を攻めた時、信玄の陣所に薬師《くすし》が出入りしていたそうだ。信玄の足が止まったのは、そのためと見て間違いあるまい」

「ならばこの先、信玄はどう動きましょうか」

　忠次は巧妙に家康の意見を引き出し、意図するところへ導こうとした。

「境目の城の守りを固め、雪解けを待って甲斐に引き上げるだろう。この雪が我らの身方をしてくれたのだ」

「初めの計略に狂いが生じたとは、どういうことでござろうか」

　数正が口をはさんだ。

「水野信元どのの話では、信長公は朝倉義景《あさくらよしかげ》と和睦《わぼく》の交渉をしておられたそうだ。一方、越後《えちご》の上杉《うえすぎ》には朝倉領に攻め入るように頼まれたという。朝倉はこの策にはめられ、越前《えちぜん》まで撤退したのかもしれぬ」

　後で分かったことだが、家康のこの読みはぴたりと当たっていた。

　二万の兵をひきいて北近江《おうみ》まで出陣していた朝倉義景は、越前への通路が雪に閉ざされることを恐れ、信玄に断りもせずに十二月に撤退したのである。

「もはや浜松城が攻められるおそれはなくなった。林どの、佐久間どの、水野どのには、本領へお帰りいただきたい」

「ならば、そうさせていただこう」

「家康どのの戦ぶり、信長公にしかとお伝えいたしまする」

秀貞と信盛はほっとした顔を見合わせた。

翌日、家康は龍潭寺《りょうたんじ》の南渓瑞聞《なんけいずいもん》ら十数人の僧を招き、三方ヶ原で討死した者たちの供養をおこなった。

浜松城の本丸に須弥壇《しゅみだん》を築いて阿弥陀《あみだ》如来像を安置し、両側に「厭離穢土《おんりえど》　欣求浄土《ごんぐじょうど》」の本陣旗を立てさせた。

僧たちの読経《どきょう》がつづく中、討死した者たちの関係者が焼香をして冥福《めいふく》を祈った。

何しろ千人をこえる死者である。親、兄弟、子供をはじめ、上司、同僚をふくめると参列者は五千人ちかくにのぼった。

供養の後、家康は天守曲輪《てんしゅぐるわ》の石垣の上に立って皆に語りかけた。

「すでに半月もたってしまったが、命を捨ててわしを守ってくれた者たちの供養を、ようやくすることができた」

家康の声は野太いのでよく通る。

本丸に集まった数千人が、急に押し黙って石垣の上をながめた。

「戦に大敗したのは、わしの責任だ。重臣たちは籠城《ろうじょう》すべきだと言ったが、わしは打って出る策を選んだ。しかも信玄の策にはまり、大事な家臣たちを千人以上も討死させてしまった。この通り、わびを申す」

家康は深々と頭を下げ、三方ヶ原に向かって手を合わせた。

「だが、我らの戦いは決して無駄ではなかった。あのまま城に立て籠《こ》もり、敵の素通りを許したなら、武田勢は本坂街道を通って吉田城に攻め寄せていただろう。しかし我らが一撃を加えたために、刑部で長々と宿営し、昨日長篠へ向かった。我らの働きが、武田軍四万の西上をはばんだのだ」

家康の言葉に応じてどよめきが起こった。

喜びの声を上げる者、ほっとしたように顔を見合わせる者、そしてすすり泣く者もいた。

「わしは出陣前に、領民が年貢《ねんぐ》を出すのは、敵が攻め込んで来た時に、我々が命と暮らしを守ると信じているからだと言った。その役目をはたすことが真の武士道、厭離穢土の本懐だとも言った。その方たち、そして討死してくれた者たちが、その本懐をなし遂げさせてくれた。礼を申す。そして、わびを申す」

戦のさなかに身を挺して守ってくれた家臣たちの姿を思い出し、家康の胸に熱い思いが突き上げてきた。

「失われた命は還《かえ》らぬが、残された家や所領を守り抜くことで、一族や子孫の繁栄をはかることはできる。当家を支え、家臣や領民を守ることこそ、死んだ者たちに対する供養であり償《つぐな》いだ。わしはそのために生きると決意した。これからも苦しいことはあるだろうが、わしを信じてついてきてくれ」

深い思いに打たれて黙り込んでいた家臣たちの間から、遠慮がちな拍手が起こり、

「鬨《とき》の声を上げるぞ。供養と決意の声じゃ」

涙声で叫ぶ者がいた。

その声に誘われ、全員が「えい、えい、おー」の雄叫《おたけ》びを上げた。

万感をこめた声は雪原を走り、四方へと広がっていった。

家康が本丸御殿に向かっていると、井伊直虎《いいなおとら》が挨拶《あいさつ》に来た。

井伊谷城の女城主で、武田の別動隊が井伊谷に侵攻したために家臣をひきいて浜松城に避難し、家康とともに戦っていたのである。

井伊家を継ぐに当たって総髪にし、男の装束《しょうぞく》をまとっている。家康より七つほど年上だが、こんな姿をさせるのがもったいないほど、若々しく美しかった。

「今日は無事に供養ができた。そなたのお陰《かげ》じゃ」

家康はまず礼を言った。

供養の導師をつとめてくれた南渓和尚は、直虎の大叔父《おおおじ》にあたる。城に呼ぶことができたのは、彼女が口をきいてくれたからだった。

「こちらこそお礼を申し上げなければなりません。三ヶ月もの長きにわたって、主従共々お世話になりました」

「城を出ていくのか」

「南渓和尚の話では、武田は井伊谷城にわずかな守備兵を残しているばかりだそうでございます。刑部城はもぬけの殻《から》だと聞きましたので、我らの手勢だけでも奪い返すことができると存じます」

直虎はその許しを得に来たのだった。

刑部城は三方ヶ原の北側、都田《みやこだ》川の南岸にある城で、信玄はこの城にとどまって越年した。

しかし長篠に移る時に、守備兵を置いていかなかったという。

「もともとあの城は、当家の家臣の居城でございました。空《から》のまま捨ておかれたのなら入城し、井伊谷城を奪い返す足がかりにしたいと存じます」

「井伊谷三人衆も一緒か」

「あの方々には今しばらくこの城に残り、徳川さまのご下知《げじ》に従っていただきます」

「すると手勢は三百にもなるまい」

「無人の城ゆえ、それだけいれば押さえることはできると思います」

直虎が涼やかな目を真《ま》っ直《す》ぐに向けた。

「分かった。ならば鉄砲足軽十人をつけよう。ところで武田の動きだが、そなたはどう見る」

「そのような大事、わたくしなどが口をさしはさむことでは」

「そなたは三方ヶ原から長篠にかけての事情を良く知っている。思う通りを話してくれ」

「ならば僭越《せんえつ》ですが、武田は刑部や井伊谷を維持することを諦《あきら》め、長篠城に兵力を集めたのだと思います」

「その理由は」

「豊川ぞいに下って野田城、吉田城を攻めようとしているのか、あるいは甲斐に兵を退《ひ》かざるを得ない事情が生じたのでございましょう」

「どんな事情だ」

「信玄公が病気だという噂を聞きました。これ以上進軍できないほど悪化しているとも考えられます」

直虎はその情報をどこから入手したか言わなかったが、かなり確信を持っているようだった。

翌日、信長が援軍としてつかわした林、佐久間、水野の軍勢が、浜名湖を渡って領国へ引き上げていった。

来た時には三千だった兵が、二千五百ばかりに減っている。

欠けた五百余のうちの半数が討死し、半数は傷がいえるまで浜松城に残ることにしたのだった。

家康は酒井忠次と石川数正も本領にもどすことにした。

「信玄は野田城を落とし、吉田城を攻めるかもしれぬ。備えを充分にしてくれ」

忠次にはそう言った。

「数正は三河《みかわ》にもどり、信康とともに岡崎城の守りを固めてくれ」

二月になって、信玄はようやく長篠城から動いた。

七千ばかりの先陣部隊を動かし、野田城を攻めたのである。ところが城外にめぐらした大堀切《おおほりきり》にはばまれ、攻め落とすことはできなかった。

この状況を見て、家康は外交攻勢に打って出た。

越後の上杉謙信《けんしん》に書状を送り、信玄が長篠から動けない間に、信濃《しなの》に出兵して退路を断つように求めた。

また信長にも使者を送り、三方ヶ原の戦い以後の状況を伝え、奥美濃《みの》に軍勢を出して岩村城《いわむら》（恵那《えな》市岩村町）を攻め落とすように求めた。

上杉軍が飯田《いいだ》を、織田軍が岩村を押さえれば、信玄は袋のねずみも同然である。

家康がそうした動きをしていると知っただけで、武田勢は浮き足立つはずだった。

「申し上げます」

二月十二日、野田城からの使者が駆け込んできた。

城は武田勢の猛攻にさらされ、城兵の助命を条件に降伏したという。

「菅沼《すがぬま》と忠正《ただまさ》は無事か」

家康は城将である菅沼定盈《さだみつ》と松平《まつだいら》忠正の安否を気遣った。

「無事でございます。敵に投降する前に、それがしに使いに行くように命じられました」

年若い使者は悔《くや》しげに顔をゆがめた。

武田勢は吉田城攻めに向かうかどうか。家康は服部半蔵らに様子をさぐらせたが、十日が過ぎてもそんな動きはなかった。

二月も半ばを過ぎた頃、南渓和尚が武田家の陣僧をともなってやって来た。

甲府の恵林寺《えりんじ》の住職である快川紹喜《かいせんじょうき》の弟子だという。

「実はそれがしと快川和尚は、京《きょう》の妙心寺《みょうしんじ》で共に学んだ仲でございます。その縁でこのような役目を頼まれました」

和尚は申し訳なさそうに頭をなでた。

「恵林寺の妙恵《みようえ》という者でございます。本日は信玄公のお申し付けによって参上いたしました」

役目のおもむきは、野田城で捕らえた菅沼定盈、松平忠正と、山家三方衆が差し出した人質の少年三人を交換することだ。使僧はそう言って馬場《ばば》信春《のぶはる》からの書状を差し出した。

書状には使僧が言ったことの他に、「別して相談申し上げたいことがあるので、直《じか》にお目にかかりたい」と記されていた。

「馬場美濃守《みののかみ》どのが、会いたいと申されるか」

家康は信春には痛い目にあわされている。三方ヶ原に先回りして待ち伏せていたのは、信春らの別動隊だった。

「そのようにおおせでございます。お受け下さいますか」

「相談したいこととは何だ」

「恐れながら、拙僧は聞いておりません」

場所は南渓和尚の龍潭寺でどうだろうか。妙恵がそう申し出た。

「お越しいただければ、茶などさし上げとう存じます」

南渓和尚が口添えした。

「井伊谷にはまだ武田勢がとどまっておる。刑部の城で茶をいただきたい」

家康は相手の底意をさぐろうと強気に出た。

都田川を渡るかどうかは、安全を確保する上で大きなちがいがあった。

「承知いたしました。そのように馬場どのに伝え、追って返答申し上げます」

妙恵からの返答は翌日にとどいた。二月二十五日に刑部城で対面し、人質を交換するという。

家康は鳥居元忠がひきいる五百の兵に守られ、三方ヶ原の道を北に向かった。

後ろには山家三方衆と呼ばれる長篠城の菅沼満直《みつなお》、田峯《だみね》城の菅沼定直《さだなお》、作手城の奥平定勝《おくだいらさだかつ》が人質として差し出した少年三人を従えていた。

三方衆は家康に従うことを誓って息子や孫を人質に差し出したが、信玄が三万二千の大軍を動かして三河や遠江《とおとうみ》に侵攻すると武田方に寝返った。

こうした場合、見せしめのために人質を殺すのが戦の常道だが、家康はそうしなかった。

生かしておけば使い道があると思ったし、自分が長い間人質暮らしに耐えてきたので、年若い彼らを殺すに忍びなかった。

その配慮が生き、野田城の城将二人と交換できることになったのだった。

(これも信玄が弱気になっている証拠だ)

馬をだく足で進めながら、家康はそう考えていた。

もはや信玄は戦をつづけるつもりはなく、境目の守りに力を注いでいる。だから山家三方衆の人質を取り返すことで、彼らを身方につなぎとめておこうとしているにちがいなかった。

やがて追分《おいわけ》まで来た。

真っ直ぐ進めば井伊谷を抜けて長篠に通じる鳳来寺道、左は本坂街道へつづく道である。

三方ヶ原の戦いの日、家康は鳳来寺道を懸命に走り、浜松城へ逃げ込もうとした。ところが本坂街道に先回りした真田源太左衛門尉信綱《さなだげんたざえもんのじょうのぶつな》の兵に襲われ、あやうく組み落とされそうになった。

右の太股の付け根を後ろから槍で突かれたのは、この時のことだ。

家康を守ろうとして多くの家臣が真田の前に立ちはだかり、次々と命を落としていった。

　あれはまだ二ヶ月前のことだが、あたりの景色は一変していた。雪はすでに消え去り、凍《い》てついていた大地には草が生い茂り、春の花がつぼみをつけている。

　刑部城に着くと井伊直虎と南渓和尚が出迎えた。

　武田勢は守備兵をおかずに長篠城へ移っていたので、直虎は三百足らずの兵でやすやすと奪い返したのである。

「馬場さまは本丸御殿でお待ちでございます。供は五十騎だけです」

　直虎がそう告げて本丸御殿に案内した。

　板張りの粗末な御殿には、四人の武士が待っていた。

　上座には馬場美濃守信春が座り、横には真田源太左衛門尉信綱が従っている。下座の二人は捕虜になった松平忠正と菅沼定盈だった。

　家康は信春の、元忠は信綱の正面に座り、人質の少年三人を忠正らに向き合わせた。

「三河守《みかわのかみ》どの、初めてお目にかかります」

　信春は六十がらみの細面《ほそおもて》の男だった。

武田家にこの人ありと謳《うた》われた知将である。

「三方ヶ原での戦ぶり、感服いたしました。あれほど見事な軍勢を見たのは、川中《かわなか》島《じま》で上杉勢と戦った時以来でござる」

「かたじけないおおせなれど、我らは信玄公の計略にかかり、無残な負け戦をしました。無念この上ないことでございます」

家康は無念という言葉を使い、いつかは借りを返すという姿勢を示した。

「三河守どのはご存じないかもしれませぬが、徳川勢は貴殿を守ろうと全員が血眼《ちまなこ》になって戦っておりました。その覚悟の確かさは、戦場で討たれた者の亡骸が物語っており申した」

「それは、どういうことでしょうか」

「我らに向かいたるはうち伏し、浜松に向かいたるは仰向《あおむ》けになって息絶えておりました。最後の最後まで、踏みとどまろうとしたからでござる」

「美濃守どの、かたじけない」

その状景が目に浮かび、家康の胸に熱いものが突き上げてきた。

「この者は信州《しんしゅう》小県《ちいさがた》の真田信綱でござる。ぜひともご拝顔《はいがん》の栄に浴したいと申しますので、警固《けいご》の役に任じました」

「源太左衛門尉信綱と申しまする」

信綱が素知《そし》らぬふりで頭を下げた。

天文《てんぶん》六年（一五三七）の生まれだから、家康より五歳上。幸隆《ゆきたか》の嫡男《ちゃくなん》で昌幸《まさゆき》の兄にあたる。騎馬三百騎をひきいる、武田家随一の猛将だった。

「さようか。この者は鳥居元忠と申す」

家康も信綱が追撃してきたことには何ひとつ触れなかった。

「おおっ、貴殿が鳥居どのか。鉄砲隊をひきいての見事な戦ぶり、しかと見届けましたぞ」

信春は手放しで賞賛し、今度は身方として戦場に出たいものだと言った。

人質の交換は元忠と信綱に任せ、家康と信春は茶室で会談することにした。

点前《てまえ》は南渓和尚がつとめた。手際良く二人の茶を点《た》てると、一礼して席を立った。

家康は時間をかけて茶を飲み干し、信春の出方をうかがった。親子ほど年がちがう名将だが、気圧《けお》されることはまったくなかった。

「主《あるじ》は貴殿との和睦を望んでおりまする」

信春が茶碗《ちゃわん》の飲み口を指でぬぐって切り出した。

「三方ヶ原でのような戦ができるお方を、敵にするのは惜しい。そう申しております」

「身にあまるお言葉、かたじけのうございます」

「武田と北条《ほうじょう》、そして畿内との同盟に徳川どのが加わってくださるなら、東国の結束は盤石《ばんじゃく》になります。そうして尾張、美濃を東西から攻めれば、織田信長は程なく滅びましょう」

「それがしは信長公と同盟し、先の戦では援軍も送っていただいております。その方針を変えることはできません」

家康は茶碗を胸元に引き寄せ、残り香《が》に意識を集中した。

「不躾《ぶしつけ》ですが、同盟を結ばれたのは信長が将軍義昭公を奉じていた頃でございましょう。ところが今、信長は将軍と敵対し天下を敵に回しております。浅井《あざい》、朝倉ばかりか石山本願寺《いしやまほんがんじ》や三好《みよし》三人衆も敵にし、畿内への対応だけでも手にあまる状況です。ここで三河守どのが我らの側に立って下さるなら、武田、北条、徳川の軍勢五万で、東から信長を攻めることができます」

「信長公に勝つことができましょうか。そうすれば」

家康はふっと心が動くのを感じた。

誘いに乗るつもりはないのに、この話に乗ればもうひとつの未来が開けると気持ちが浮き立っている。

それは常に信長の重圧を感じつづけてきたせいかもしれなかった。

「信長の手勢はせいぜい五万でござる。対する我らは東西から十万の兵で美濃、尾張に攻め込むことができまする。その指揮をとられるのは将軍義昭公ですから、信長は逆賊として誅伐《ちゅうばつ》されることになりましょう」

「十万ですか」

「さよう。しかもこの計略には六角承禎《ろっかくしょうてい》どのや斎藤龍興《さいとうたつおき》どのも加わっておられます。近江や美濃の旧臣たちが身方に参じ、織田を見限る者も大勢いると存じます」

「信玄公のご容体がすぐれぬという噂がありますが」

家康はさぐりを入れた。

「確かにこの二月《ふたつき》あまり、容体がすぐれませぬ」

信春はあっさりと事実を認めたが、それほど重い症状ではないと言った。

「冷え込みが厳しいゆえ、風邪をひかれたのでござる。しかし、春になって暖かくなれば本復《ほんぷく》いたしましょう」

「三方ヶ原で大勝した後、すぐに西上されなかったのは、ご病気のせいですか」

「いいえ。それはちがいます」

「それではどうして、あのような好機を逃されたのでしょうか」

「三河守どの、主は貴殿が追撃してくると案じていたのでござるよ」

信春が仕方なげに打ち明けた。

「それがしが追撃すると、信玄公が……」

「さよう。戦には勝ちましたが、あの長槍と鉄砲隊は脅威でござった。つぶて打ちの奇策で何とか矛先《ほこさき》をかわしましたが、それ以上の攻め手はありませんでした。その証拠に、劣勢の中でもあの部隊だけは無傷で引き上げております」

その指揮をとったのは鳥居元忠である。信春が元忠を絶賛したのはそのためだった。

「もし本坂街道を西に向かう時にあの鉄砲隊に追撃されたら、防ぎようがござらぬ。馬二頭がようやく並んで通れるほどの道では、反転することもできませぬ」

「確かに武田の鉄砲隊では、我らに勝つことはできますまい」

武田にはせいぜい五百挺《ちょう》ほどの鉄砲しかない。

しかも猟師などを集めた山筒衆《やまづつしゅう》なので、長槍と鉄砲を組み合わせた戦法を駆使する徳川鉄砲隊にはかなわないのである。

「それゆえ我々は刑部や金指にとどまって追撃にそなえ、雪が積もるのを待って長篠に移ったのでござる。雪道ならあの鉄砲隊も自由には動けますまい」

「なるほど。そういうことですか」

「主が三河守どのを身方にしたいと強く望んでいるのも、あの鉄砲隊があれば信長の鉄砲隊に対抗できるからでござる」

「あれはスペイン陸軍のテルシオ部隊の戦法を手本にしたものです。信長公が真っ先に採用され、それがしも伝授していただきました」

「山国の悲しさでござるな。そうした情報も伝わらず、火薬や鉛の入手にも難渋《なんじゅう》しております る」

信春の率直さは本心なのか、それとも計略なのか。家康は判断がつかないまま、もう少しこの話をつづけることにした。

「それは我らも同じでございます。火薬や鉛は南蛮《なんばん》からの輸入品ゆえ、高価な上に堺《さかい》の納屋衆《なやしゅう》とつながりがなければ売ってもらえません。当家も信長公の許しを得て、堺との交易をしております」

「一向宗《いっこうしゅう》の寺から買う手立てもあるのではござらぬか」

信春がそ知らぬふりでつぶやいた。

家康は武田との決戦を前に弾薬の不足をおぎなおうと、三河や遠江の一向宗の寺から弾薬を買い、その見返りに寺に守護《しゅご》不入権《ふにゅうけん》（世俗の権力が立ち入るのを拒む権利）を与えた。

そうしなければ売ってもらえないからだが、これは石山本願寺を潰《つぶ》そうとしている信長の方針に背《そむ》いている。

信春はそれを知っていると言外に匂わせ、脅しにかかっているのだった。

「あの者たちはこの時とばかりに法外な値をつけますからな。甲州金《こうしゅうきん》を潤沢に持っておられる武田どのがうらやましい」

「もし三河守どのが身方になって下さるなら、必要なだけ甲州金を融通《ゆうずう》いたしましょう。それに当面の祝儀《しゅうぎ》として、駿河《するが》半国を進呈いたしまする」

「駿河半国、でござるか」

「さよう。信長を滅ぼした後には、尾張一国を治めていただきます」

「ご存じですか。信長公が何挺の鉄砲を持っておられるか」

「三千挺と聞いております」

「当家の三倍。しかも弾薬も大量にたくわえておられる。とても勝てませんよ」

「三千挺の鉄砲なら、雑賀《さいか》の一向一揆《いっき》もそなえております。彼らが紀伊《きい》半島を回って伊勢長島《いせながしま》の一揆衆と合流したなら、鉄砲でも弾薬でも信長にひけは取りますまい」

紀州の一向一揆には海運業にたずさわっている者が多く、遠く薩摩《さつま》や種子島《たねがしま》、琉球《りゅうきゅう》まで渡って鉄砲、弾薬の交易をしている。

信長が石山本願寺を目の仇《かたき》にしているのは、この交易を断たなければ独占的に南蛮貿易ができないからである。

一方の武田は本願寺と同盟し、伊勢長島を中継地として弾薬を入手していたのだった。

「有《あ》り難《がた》い申し出ですが、お断りいたします」

家康は田舎《いなか》造りの茶碗を膝先においた。

「何か不足が、ございまするか」

「それがしは信長公が切り開こうとしておられる道を信じ、身命を賭《と》して従うと約束いたしました。その誓いをまっとうする覚悟です」

「信長の道とは」

「天下を尾張にすることとです。信長公が尾張でおこなわれた商《あきな》いや流通を重んじる国造りこそ、天下の手本となるべきものです。幕府の古い制度では、もはやこの国を治めることはできません」

「信長は比叡山《ひえいざん》を焼き打ちし、天下の非難をあびております。そんな外道《げどう》と道を同じくされるとは、三河守どののらしくありませんな」

信春はおだやかな表情のままだが、目付きが急に鋭くなった。

「美濃守どのも上洛《じょうらく》され、南蛮人たちの話を聞かれるが良い。そうすれば世の中が、いや、世界というものがどう変わっているか、お分かりになるはずです」

「十日待ちましょう。その間に駿河半国と金一万両（約八億円）を進呈する旨《むね》、主の書状をもってお誓い申し上げる。それでお考え直しいただきたい」

二日後、信春は本当に信玄の書状を使者に届けさせた。

署名と花押《かおう》は信玄のものに間違いなかった。

「承知いたした。ならば期日までに返答すると、美濃守どのに伝えよ」

家康は使者にそう申し付けた。

家康はこの間に、岡崎城の様子を見に行くことにした。

武田勢は奥三河の山家三方衆を先陣にして、松平郷から岡崎へ攻め込んでくるおそれがある。

それに対する備えができているか気になったし、元気な姿を信康や瀬名《せな》、そして家臣たちに見せてやりたかった。

供は鳥居元忠ら二百騎だけとし、旗も馬標《うまじるし》もかかげずに遠州灘ぞいの道を西へ急いだ。

その日は吉田城に泊まり、酒井忠次のもてなしを受けた。

「殿、このような時に浜松城を留守にしていいのでござるか」

「信玄から和睦の申し入れがあった。返答を待たせておるところじゃ」

家康がいささか得意になっていきさつを語ると、忠次は急に血相を変えた。

「美濃守どのと、そんな密談をされたのでござるか」

「人質交換の場で話がしたいと言われたのでな。相手の手の内を知るにはいい機会だと思ったのだ」

「あまり誉《ほ》められたことではありませぬぞ。それは」

「むろん和解に応じるつもりはない」

「たとえそうだとしても、期限までに返答すると言えば、交渉に応じたと取られても仕方がありますまい」

「その日まで武田が動かぬのなら、我らにとって好都合ではないか」

だからこうして浜松城を留守にすることができた。時間を引き延ばせば延ばすほど有利なのだ。家康は仏頂面《ぶっちょうづら》でそう言った。

「殿はまだ、お若《わこ》うござるな」

忠次が家康の甘さをばっさりと切り捨てた。

「何を言う。何が悪い」

「交渉に応じたと取るのは武田ではござらぬ。信長公や謙信公でござる」

「…………」

「美濃守どのは、このことがお二人に伝わるように仕向けられましょう。そうしたら何となされる」

家康が寝返るのではないかと、信長も謙信も疑いを持つ。そうすれば岩村と飯田に軍勢を進めることをためらうはずだ。忠次はそう諭《さと》した。

「まして信長公は癇癖《かんぺき》の強いお方ゆえ、うかつなことをなされると取り返しのつかぬことになりまするぞ」

「それでは美濃守は、初めからそのつもりで和睦の交渉を……」

家康の背筋に寒気が走った。

それなのに自分は、おだてに乗って天下を動かせるような気になっていたのである。

「悪いことは申しませぬ。明日さっそく浜松城にとって返し、武田方の城を攻めて和睦の話を吹き飛ばして下され」

「それはできぬ。すでに岡崎城に使いを出し、近日中に行くと伝えてある」

「それは困りましたな」

忠次は腕組みをして考え込み、ならばこうしてもらいたいと言った。

「三日後の夜までに浜松城に戻ること。その折には平岩親吉《ひらいわちかよし》どのを同行することでござる」

「何ゆえ平岩を」

平岩親吉は信康の後見役として、岡崎城の守りの指揮をとっていた。

「平岩どのを浜松城まで同行し、陣頭に立って武田方の城を攻めていただくのでござる。さすれば殿が岡崎城まで迎えに行かれたと、言い訳が立ちまする」

翌朝未明、家康らは忠次に送られて豊川の船橋を渡り、東海道を西にひた走った。およそ八里（約三十二キロ）。

岡崎城に着いたのは、申《さる》の刻（午後四時）過ぎだった。

城は三河北東部の山々と南西部に広がる平野の間に位置している。三河松平家代々の拠点で、南に流れる乙川《おと》、西の矢作川《やはぎ》が天然の要害をなしていた。

武田勢の侵攻にそなえ、城の北から東にかけて城下を守るための堀と土塀を増築している。

東海道に面した大手門の外側にも、にわかに石積みの枡形《ますがた》が作られていた。

「さすがに平岩どの。手厚い戦仕度でございますな」

鳥居元忠が城の構えをひと通り見回し、たいしたものだとつぶやいた。

危機はまだ去ってはいない。

城兵たちは万全の装備をして持ち場についていたが、家康が来たと聞くと半信半疑で集まってきた。

「殿、これはいったい」

どうしたことだと、平岩親吉が急を聞いて飛び出してきた。

「浜松が落ち着いたので、こちらの様子が気になったのだ」

「お知らせ下されば、迎えに行きましたものを」

「忍びの旅だ。軽はずみなことをするなと、忠次に叱《しか》られた」

だから大げさなことはしないでくれと、家康は早々に本丸御殿に入った。

嫡男信康も敵襲にそなえて小具足《こぐそく》姿のままだった。十五歳になり、青年武将らしい引き締まった顔立ちになっていた。

「父上、ご無事で何よりでございます。三方ヶ原の戦については、石川数正から聞いております」

「さようか。わしが判断を誤ったばかりに、大事な家臣を千人以上も死なせてしもうた」

家康は失敗の原因と結果をありのままに語った。

「こうして生きておられるのは、家臣たちが命を捨てて守ってくれたお陰だ。その者たちに報《むく》いる生き方をしなければと、肝《きも》に銘じておる」

「父上のご判断は正しかったと、数正は申しておりました。身を挺して武田に挑まれたゆえ、皆の心がひとつになったと」

「正しかったかどうかは分からぬ。だが出陣する以外に、国を守る方法はなかった。武田を恐れて浜松城に籠城したなら、多くの家臣や領民は三河や遠江を守る器量も気概もないと見ただろう。それは領主としての信頼を失うということだ」

「信頼……、でございますか」

信康は意外そうにたずねた。

「そうだ。家臣も領民も、わしを信頼しているから従ってくれる」

「しかし、それでは……」

「どうした。思うところがあれば遠慮なく申すがよい」

　家康はわが子のために懐《ふところ》の深い教師であろうとした。

「忠義の基本は、御恩だと教わりました。源頼朝《みなもとのよりとも》公の頃から、武家の主従は御恩と奉公の関係によって結ばれていると」

「むろん、その通りじゃ」

「その御恩の大本は、知行地《ちぎょうち》を与えることにあると思います」

「うむ、それゆえ一所懸命の地という言葉がある」

「つまり主従は、知行地を介した約定《やくじょう》によって結ばれていることになります。その約定を法度《はっと》によって確かなものにするゆえ、安定した統治ができるのではないでしょうか」

　それはあくまで契約の関係であり、信頼という心の問題とは別なのではないか。信康はいつの間にか、そうした理知的で冷めた思考をするようになっていた。

「そうかもしれぬが、この殿が知行地を守ってくれるという信頼があるから、家臣たちは命をかけて従うのではないか」

「一所懸命の地を守るには、殿を支え国を守る必要がある。家臣も領民も、そう考えているのではないでしょうか」

「それは詰まるところ、殿を信頼しているからであろう」

「ちがうと思います」

信康が意外なほどきっぱりと言い切った。

「どうちがう。わしにも分かるように話してくれ」

家康は信康の考え方の背後に、何か大きな問題がひそんでいる気がした。

「殿、恐れながら」

その話は後ほどと、親吉がやんわりと間に入った。

「武田や山家三方衆にどうそなえるか。それを先にしていただきとう存じます」

「平岩どののおおせの通りでござる。三万五千の大軍が、いつ頭の上から落ちかかってくるか分かりませぬぞ」

元忠も父子の固い空気を笑いでまぎらわそうとした。

「動いたか。山家三方衆は」

家康は親吉にたずねた。

「いいえ、作手城、田峯城に兵をとどめたままでございます」

「そうであろう。武田が攻めて来ることは、もはやあるまい」

「何ゆえでございましょうか」

「三河、遠江に攻め込むつもりなら、三方ヶ原に勝った直後にそうしたはずだ。それが出来なかったために、信玄の計略に狂いが生じた」

出来なかったのは信玄の病気のため、狂いが生じたのは朝倉義景が近江から退却したためだ。家康はその確信を深めていた。

「それは確かでございますか」

「証拠があるわけではない。だが信玄はわしに和議を申し入れてきた。余程窮地におちいっているということだ」

「今さら、和議でござるか」

親吉も得心がいったようで、ほっとした顔を元忠に向けた。

「病気のためと言われるが、殿が力をつくして武田勢の進撃を止められたのが勝因でござる。中でも二俣城の中根正照《なかねまさてる》どのの働きは、見事なものでござった」

元忠は武田勢の猛攻を二十日ちかくも防ぎつづけた中根らの働きを激賞した。

しかも中根は城を守りきれなかった恥をすすぐために、三方ヶ原で一族郎党をひきいて武田勢に突撃し、全員討死したのである。

「のう、信康どの。先ほど知行のことをおおせられたが、心のつながりがなければこのようなことは出来ませぬぞ」

元忠は感激の涙を浮かべて諭そうとした。

信康との対面を終えた後、家康は親吉だけを部屋に呼んだ。

「岡崎の城を、よう守ってくれた」

「敵は攻めて来ませんでした。殿や浜松城の方々のご苦労にくらべれば、たやすいことでございます」

「そちがいてくれたから、敵も手出しができなかった。城の修築ぶりを見れば分かる」

これは当座の褒美《ほうび》だと、腰にたばさんだ脇差《わきざし》を差し出した。

「これは……、これは過分の品にござる」

実直な親吉は受け取れないと押し返した。

「いいから受け取ってくれ。実は頼みたいこともあるのだ」

「何なりと、お申し付け下され」

「わしと共に浜松城に行き、ひと戦してもらいたい」

家康は忠次から授けられた策を伝え、供は五十騎ばかりで良いと言った。

「承知いたしました。願ってもないことでござる」

「ところで信康のことだが、何ゆえあれほどこだわるのであろうな」

信康の変化の理由を、守役《もりやく》の親吉なら知っているのではないかと思った。

「勉学が進んでいるゆえと、お見受けいたしました」

「何をそんなに学んでおる」

「武家のあり方、統治の仕方など、お世継ぎとしての心得でございます。先ほど言おうとなされたのは、制度や法度が国を治める大本だということだと存じます」

「それは結構だが、主従の信頼を軽く見るようでは、立派な後継ぎになることはできまい」

「そのことは信康さまも分かっておられましょう。しかしまだ戦に出られたことがないので、書物の影響が大きいのでございます」

「どのような書物を読んでおる」

「四書五経が中心でございます。近頃は韓非子《かんぴし》に興味を持っておられます」

「性悪説か」

「人は誰もが弱いものでござる。それゆえ法を正しく罰を厳しくして、家臣領民をあるべき方向に導かなければならない。そんな教えと拝察しております」

韓非の教えが秦《しん》の始皇帝《しこうてい》に採用されたことは家康も知っている。だが、何かがちがうという割りきれなさをぬぐい去ることはできなかった。

親吉は結局、脇差を受け取らなかった。

過分の褒美をいただいては、三方ヶ原で討死された方々に申し訳ないと言い張るのである。

武士の気構えとしては立派なものだが、こうした生真面目《きまじめ》さが信康にも感化をおよぼし、融通のきかなさにつながっているのかもしれなかった。

次に久松俊勝《ひさまつとしかつ》を呼んだ。

家康の母於大の方の夫で、岡崎の町奉行をつとめている。四十八歳になる温和で気配りのできる男だった。

「すまぬが緒川《おがわ》城に使いに行ってもらいたい」

家康はいきなり用件を切り出した。

緒川城主の水野信元は、織田家の援軍として浜松城に来たものの、三方ヶ原の合戦当日には、祝田《ほうだ》に先回りすると言って本隊から離脱した。

武田勢の前方から鉄砲を撃ちかけ、三方ヶ原の台地の下におびき出すと言ったが、合戦後には独断で引き上げ、緒川城に戻ったまま連絡もよこさない。

「それゆえ明日までに岡崎に伺候《しこう》し、当日のことを復命せよと伝えてくれ」

家康はその旨を記した書状を渡した。

「殿はどのようにお考えなのでしょうか」

「どのようにとは」

「義兄上《あにうえ》が離脱した理由でございます」

信元は於大の異母兄なので、俊勝にとっては義兄にあたる。所領も隣り合っているので、水野家との付き合いは深かった。

「戻れなかったか、戻らなかったか。いずれにしても理由が知りたい。それに、復命するのは武将の務めであろう」

「もし義兄が応じない場合は、いかがいたしましょうか」

「まだ危機が去ったわけではない。そなたに行ってもらうのは、事を穏便におさめたいからだ」

「承知いたしました。明日の申の刻（午後四時）までには必ず戻って参ります」

夕方、家族で食事をした。

信康と妻の徳《とく》姫、瀬名と亀《かめ》姫を呼び、お焚《た》き火の間で囲炉裏《いろり》を囲んだ。

囲炉裏にかけた鍋では、春の山菜と豆腐の味噌煮が湯気を上げている。八丁味噌を使った、家康の好物だった。

徳姫は信康と同じ十五歳。びんそぎ（女子の元服式）も終え、お市《いち》の方とよく似た細面のきりりとした顔立ちになっていた。

亀姫は十四歳になる。女の証《あかし》もおとずれたというので、いつでも嫁に行くことができる。

惜しいことに父親に似たえらの張った顔立ちで、美形と言うのはためらわれた。

瀬名は今も尼姿である。

だが信康と一緒に暮らし、城主の生母とあがめられるうちに気持ちが収まったのか、表情がおだやかになり人柄にも丸みが出ていた。

「ほら、もう火が通りましたよ」

そう言って煮物を皆に取り分けているところは、長く辛《つら》い暮らしに耐えてようやく幸せをつかんだ喜びにあふれていた。

「それでは、いただくか」

椀《わん》を口元に運ぶと、湯気にまじって山菜と八丁味噌の香りが立ち昇った。

春の新芽の香り、そして大豆が発酵したほのかな味噌の甘み。これこそが岡崎の、家康のふるさとの味だった。

「父上、先ほどは出過ぎたことを言って申し訳ありませんでした」

信康は親吉から注意を受けたようだった。

「いいや。もっと話したいくらいだ。互いに遠慮して疎遠になるより、腹蔵なく話し合って理解し合ったほうが良いに決まっておる」

「あら、何のお話をなされたのですか」

瀬名は二人の話に楽しげに目を細めた。

「主従はどうあるべきかについてだ。なあ信康」

「はい。上に立つ者は家臣や領民をどうやって治めるかということでもあります」

信康は声変わりの最中で、急《せ》き込んで話すと声が裏返った。

「それは素晴らしいことだわ。父上から何でも教えていただきなさい。万巻の書物をお読みになっておられますから」

「父上、本当？」

読書好きの亀姫が目を輝かせてたずねた。

「万巻は大げさだが、千巻くらいは読んだかもしれぬな。何しろ今川館《いまがわやかた》の書庫には、室町殿《むろまちどの》に匹敵するといわれるほど多くの書物があったからな」

家康は自由にそこに出入りし、好きな本を読むことが許されていた。瀬名と夫婦になる前に、そこで顔を合わせたこともあったのだった。

「どんな本をお読みになったの。何が一番好きでしたか？」

「そうだな。『太平記《たいへいき》』と『吾妻鏡《あづまかがみ》』だな。お亀は今何を読んでいる」

「『枕草子《まくらのそうし》』です。第一段を終えたばかりですけど」

「春はあけぼの、か」

「ようよう白くなりゆく山際、少し明かりて、紫だちたる雲の細くたなびきたる」

亀姫は苦もなく暗誦《あんしょう》してみせた。

「徳姫さま、お代わりはいかがですか」

瀬名が話題に入れない嫁を気づかった。

「ありがとうございます。もう結構です」

それよりあのことをと、徳姫は信康をうながした。

たずねたいことを切り出してほしいようだった。

「遠慮は無用じゃ。義理とはいえ親子ではないか」

家康がうながした。

「戦に関わることですが、よろしいでしょうか」

「ああ、構わぬよ」

「武田勢はやがて甲斐に引き上げるという噂を聞きましたが、まことでございますか」

切りつけるように返答を迫る話し方も、お市の方に似ていた。

「そうなるであろう。三万五千もの軍勢が他国でひと冬を過ごしては、兵糧《ひょうろう》も尽きたはずじゃ」

「それでは岐阜《ぎふ》の父上は、この先どうなされるのでしょうか」

「それは分からぬ。すべては信長公の胸の内にあることだ」

「近江の浅井と、和睦することはできないのでしょうか」

武田勢が引き上げたなら、小谷《おだに》城で籠城している浅井長政《ながまさ》は孤立無援になる。

そうなればお市の方も危ういのではないかと、徳姫は叔母《おば》の身を案じているのだった。

「それは義父上《ちちうえ》にしか分からぬことだ。心配ならば岐阜に文を書いてお願いすれば良かろう」

信康が裏返った声で間に入った。

翌日、家康は二の丸の屋敷に於大を訪ねた。

戦勝を願って水垢離《みずごり》をしていたとお万から聞いたので、礼を言っておきたかった。

「お前は息子です。夫の主でもあります。無事を願うのは当たり前ではありませんか」

於大は小柄で固太りである。

家康の他に五人の子を産んだ気丈な母親だった。

「しかし、真冬の水はさぞ冷たかったでしょう」

「井戸水はかえって温かく感じるものです。今度試してごらんなさい」

「毎朝瀬名と持仏堂に詣《もう》でていただいたとも聞きました」

「ああ、あれですか」

「瀬名と仲良くしていただき、感謝申し上げます」

「別に仲良くなったわけではありません。武田との戦を前にして女たちが恐れおののいていたので、ああすることで人心の安定を計ったのです」

　於大は二重あごの口を大きく開け、小指の爪で奥歯をほじった。

　歯の間に何かがつまっているが、なかなか取れないようである。そちらに夢中になるあまり妙なところに力が入り、放屁《ほうひ》までする自由さだった。

「あら、失礼。蛙《かえる》を踏んづけたかしら」

「いったい、どうなされたのです」

「さっき食べた山鳥の筋が、奥歯にはさまったんです。まったく、いまいましいったらありゃしない」

「ちょっと待って下さい」

　家康は中庭に下り、竹の枝先を細く削って爪楊枝《つまようじ》を作った。

「どうぞ。これを使って下さい」

「あら、ありがとう」

於大は受け取ろうとしたが、うまくつまめなかった。

どうやら老眼が進んでいるらしい。気丈な母の弱さに気付き、家康は優しい気持ちになった。

「取ってあげましょう。膝の上に頭をおいて、口を開けて下さい」

「嫌ですよ。そんな、恥ずかしい」

「親子ではありませんか。私もお祖母《ばば》さまに、そうやって歯を磨いてもらいましたから」

「あの人は世話焼きでしたからね」

うるさいくらいだったと源応院《げんおういん》（於大の母）の悪口を言いながら、於大は家康の膝に頭を乗せて口を開けた。

お歯黒をした歯は前歯こそ上下ともそろっているが、下の臼歯《きゆうし》は左右が二本ずつ抜けている。六人の子を産んだ負担によるものだった。

（母上……）

家康は熱い思いに胸を衝《つ》かれ、奥歯にはさまった山鳥の筋を取ってやった。

「立派になりましたね」

於大が家康の顔をまじまじと見つめた。

「あの人が生きておられたら、どんなに喜ばれたことでしょう」

あの人とは、家康の父松平広忠《ひろただ》のことだった。

丸々とした体を起こすと、於大はいつもの気丈な顔にもどり、

「ところで、お万はどうしましたか」

浜松城にいる姪《めい》のことを気づかった。

「侍女頭として働いてくれています」

「侍女ですって。どうして」

「本人が望んだことですから」

「それは遠慮したのですよ。まったく」

あなたは女心が分かっていないと、於大があきれたように眉をひそめた。

「それなら、どうすれば」

「側室にして子を産ませてやりなさい。あの子はあなたと生死を共にする覚悟で浜松城へ行ったんですよ。それくらい、当たり前じゃありませんか」

その日の午後、緒川城へ使いに行った久松俊勝がもどってきた。約束の中の刻より半刻（約一時間）ばかり早かった。

「信元どのは病の床についておられますので、伺候はお許しいただきたいとのことでございました」

「何の病気だ」

「三方ヶ原で受けた傷が膿《う》んで、毒が全身に回ったそうでございます」

「もう二ヶ月になる。それでも治らぬのか」

仮病ではないかと思ったが、それ以上詮索《せんさく》しては俊勝の面目をつぶすことになりかねなかった。

「それで、伯父上《おじうえ》は何とおおせじゃ」

「祝田まで行き、武田の先発隊と合戦になった。そこで負傷した者が多く、もどれなかったと」

「それなら、なぜ報告の使者を送られぬ」

「送ろうとなされましたが、殿が討死なされたという噂を聞き、領国に引き上げることになされたそうでござる」

犀ヶ崖口《さいががけぐち》の戦いで、夏目次郎左衛門吉信《なつめじろうざえもんよしのぶ》が家康の身替わりとなって討死した。それと気付かぬ武田勢は、家康討死、お身方勝利の報を全軍に流した。それが噂となって周辺の村々まで広がったのだった。

「さようか。ならば見舞いの薬をとどけてくれ」

家康は手持ちの銀を薬代として渡した。不審は残るが、今は事を荒立てたくなかった。

第二章

信玄死す

元亀四年（一五七三年）勢力図

三日目の朝、家康《いえやす》は鳥居元忠《とりいもとただ》の二百騎に平岩親吉《ひらいわちかよし》の五十騎を加えて帰路についた。

その夜は吉田《よしだ》城に泊まって酒井忠次《さかいただつぐ》と面談し、翌日無事に浜松《はままつ》城に着いたのだった。

三月早々、家康は親吉を侍大将として遠州の天方《あまがた》城（周智《しゅうち》郡森町）を攻めた。馬場信春《ばばのぶはる》への返答期限の前に攻めることで、和議に応じる意志がないことを明確にしたのである。

武田《たけだ》方となった天方城には五百ばかりの守備兵がいたが、親吉は二千の軍勢を指揮してわずか三日で攻め落とした。

この抵抗の弱さからも、武田勢の異変が見て取れる。

もはや恐るるに足らずと見て武田方となった城の奪回作戦を進めていると、四月になって服部半蔵《はっとりはんぞう》が決定的な知らせをもたらした。

「武田勢が長篠《ながしの》城から撤退を始めました」

「まことか」

詳しく話せと、家康は半蔵を間近に呼んだ。

「去る二日、鳳来寺《ほうらいじ》道を信濃《しなの》に向かいました。信玄《しんげん》のものと思われる輿《こし》を、馬場信春、小山田信茂《おやまだのぶしげ》勢が先導し、武田勝頼《かつより》、内藤昌豊《ないとうまさとよ》勢が後ろにつづいております」

「全軍か。全軍が引き上げたか」

「山県昌景《やまがたまさかげ》勢と山家三方衆《やまがさんぽうしゅう》が、長篠城、野田《のだ》城の守りについておりますが、合わせて七千ばかりと存じます」

「よう見た。よう知らせてくれた」

家康の胸に湯のような安堵《あんど》が広がり、歓喜が突き上げてきた。

あの信玄に、無敵を誇った武田勢に、ついに勝ったのである。

「殿、やりおおせて……、下されましたな」

半蔵が左腕の傷跡をさすりながら礼を言った。

三方《みかた》ヶ原《はら》では山筒衆《やまづつしゅう》を地中に潜《ひそ》ませる信玄の奇策に引っかかり、配下の多くを失っている。

敵状偵察におけるこの失策が、待ち伏せにあって大敗する結果を招いた。

半蔵はその責任を痛感していただけに、死に物狂いで武田の動きを探っていたのだった。

「喜ぶのはまだ早い。信玄の輿の後を尾《つ》けて、異変がないかどうか確かめよ」

「伊賀《いが》から招いた十人を尾けさせております。雑兵《ぞうひょう》として武田勢の中にもぐり込んでいる者も十数人おります」

半蔵の手回しは日ならずして実を結んだ。

武田信玄は甲斐《かい》に引き上げる途中、四月十二日に信州駒場《しんしゅうこまば》で他界した。その事実をいち早く突き止めたのである。

甲斐を出陣してから半年後、三方ヶ原で大勝してから四ヶ月後のことである。

行年五十三。死因は肺結核とも胃癌とも言われている。

信玄死すの報を得た家康は、浜松城の富士見櫓《ふじみやぐら》に重臣たちを集めて茶会を開いた。

集まったのは吉田城の酒井忠次、掛川《かけがわ》城を預かる石川家成《いしかわいえなり》、鳥居元忠、服部半蔵で、点前《てまえ》は松平源七郎康忠《まつだいらげんしちろうやすただ》がつとめた。

「信玄が死んだ」

家康はぼそりと言い、半蔵に状況を説明するように命じた。

「信玄公は四月初めに長篠城を引き払い、甲斐に向かわれました。その途中、信州の駒場で他界されたのでございます」

信玄の陣所は厳重に封じられ、重臣たちしか出入りを許されていない。

だから半蔵といえども近付くことはできないが、駒場に着いてからの動きでそれが分かったという。

「ひとつは二俣《ふたまた》城攻めの頃から信玄公の陣所に出入りしていた薬師《くすし》が、姿を消したことでございます。いまひとつは、これまで陣所を別にしておられた武田勝頼公が、信玄公の陣所に詰めておられることでござる」

「しかしそれだけで、他界されたと断定することはできまい」

忠次は腑《ふ》に落ちない顔をしている。

信玄ほどの傑物が、そんなにあっけなく死んでたまるかと言いたげだった。

「他にも何かあるのか。亡《な》くなられたという証が」

家成も慎重である。

於大《おだい》の妹の子だから、家康の従兄《いとこ》に当たる。歳《とし》は八つ上だった。

「駒場には信玄公ゆかりの長岳寺《ちょうがくじ》があります。そこに重臣方がそろって参籠《さんろう》なされました。仮の通夜をなされたものと存じます」

「決め手とするには、それもいささか弱いのではないか」

「これは忍びの勘でございます。常に信玄公の動きを探って参りましたゆえ、陣所の空気のちがいを感じるのでござる」

「うむ、それは分からぬでもないが」

それだけで決めるには、事はあまりに重大すぎる。家成はそう言いたげに家康を見やった。

「わしは半蔵の勘を信じる。信玄が死んだことを、武田は懸命に隠そうとするはずだ。確証がないのはやむを得まい」

「もし事実なら、いかがなされますか」

元忠がたずねた。

「駿府《すんぷ》を取るか長篠を攻めるか。集まってもらったのは、それを決めるためじゃ」

家康は自ら記した戦略図を広げた。

武田の領国は甲斐、信濃、飛騨《ひだ》、駿河《するが》、上野《こうずけ》にまたがっている。百五十万石ちかい広大な所領で、相模《さがみ》の北条《ほうじょう》と同盟しているので東の守りは万全である。

これに対して家康は、織田《おだ》信長《のぶなが》、上杉謙信《うえすぎけんしん》と同盟して武田の動きを封じ込めようとしてきたが、三方ヶ原の戦いに大敗して千人以上もの家臣を死なせる痛手を負った。

だが信玄が死んだのなら、もはや武田は恐るるに足りない。

一気に攻勢に出て死んだ者たちの無念を晴らしてやろうと、武者震いしながら戦略図を描いたのだった。

「長篠城を攻めるべきだと、わしは思う。そうすれば野田城の敵は、孤立することを恐れて長篠城まで兵を引くはずだ」

「それはいささか早計に過ぎましょう」

忠次がいさめた。

「武田は野田と長篠に七千をこえる軍勢を残しております。これを攻め落とす兵力は、今の我らにはありません。まずは武田の出方を探り、信玄公の他界が事実かどうかを確かめるべきと存じます」

「どうやって探る」

「野田城か駿府城を攻めて、相手の士気をうかがう手もあります。あるいは山家三方衆に、身方《みかた》するように調略を仕掛けたらいかがでしょうか」

結局、忠次の意見に従い、武田の動きを慎重に見極めるとともに、当面は軍勢の立て直しに専念することになった。

こんな時信長なら、武田勢の失意に乗じて真っ先に出陣し、大勝利をおさめただろう。

ところが家康はその決断をためらい、重臣たちの意見を聞くという手ぬるいやり方をした。

このため絶好の機会を逃したばかりか、命懸けで信玄の死の事実をつかんできた半蔵の手柄を無にしたのだった。

（やはり俺は、信長どのには遠く及ばぬ）

そんな後悔とも自嘲ともつかぬ思いが胸の底に澱《おり》のように残り、何とも不愉快な気分だった。

しかもどうした訳か、妙に人肌が恋しかった。

戦《いくさ》の前には性欲が高じ、無性に女が欲しくなるものだが、今の家康の感覚はもう少し陰にこもっている。

安心できる相手の中で、甘えるように精を放ちたいのである。

ひどく疲れている時に、男にはこうした現象が起こる。

休みたいのに神経が高ぶって眠れず、事をいたさずにはいられない気持ちになる。

おそらく極度の疲れが死を予感させ、子孫を残したいという欲求を生むのだろう。

自分では意識していなかったが、家康はそれほど疲れていた。

ある時、家康は夕餉《ゆうげ》の箸を止め、給仕をするお万《まん》をまじまじと見た。

すでに二十六歳になるこの従妹《いとこ》は、乳房も豊かで腰も張って、完熟した桃のような香りを放っている。そのことに改めて気付いたのだった。

「何かご入用《いりよう》ですか？」

お万が黒目がちの瞳を真《ま》っ直《す》ぐに向けた。

「い、いや」

家康は気後れして目をそらした。

こんな時、信長なら何と言うだろう。いきなり「夜伽《よとぎ》をせよ」と申し付けるだろうか。そういえばお市《いち》の方は夜中に忍んでくるなり、「あなたさまの子が欲しい」と言ったっけ。

「この間岡崎《おかざき》に行った時、母上にお目にかかった」

「元気にしておられると、おおせでしたね」

「ああ、元気すぎるほどだったが……」

「どうかなされたのですか」

「そちのことでお叱《しか》りを受けた。いつまでも侍女頭にしているのは、何事だと」

どうも家康、不器用な上に要領が悪い。

「どういうことでしょうか、それは」

「つまり、側室にして子を産ませよということだ」

「まあ」

お万が目を丸くしてクスリと笑った。

「何か、おかしいか」

「だって、大真面目《おおまじめ》にそんなことをおっしゃるんですもの」

「そうかな。真面目に言うべきことだと思うが」

「殿はご家来衆に、死に番をつとめよと命じることがおありでしょう」

死に番とは、合戦の時に捨て石となって相手を攪乱《かくらん》する役目のことである。

「女子《おなご》も家来と同じなのですから、夜伽をせよ、子を産めとお命じになればよいのです」

「そういうのは嫌なのだ。深い仲になるからには、気持ちが通い合わないと」

「それならご安心下さい。池鯉鮒《ちりふ》の城で初めてお目にかかった時から、殿にお仕えしようと決めていましたから」

その夜、家康はゆっくりと湯に入り、山椒《さんしょう》の粉を水にといたもので口をゆすいでから床についた。

山椒は殺菌作用があるので、虫歯や口臭の予防になる。粉のままなめれば気付け薬にもなるので、自分で実を挽《ひ》いて持ち歩いていた。

部屋には真新しい敷布をした夜具が二つ並べてある。

箱枕も二つ。

部屋の隅には行灯《あんどん》がおいてあり、あたりを薄赤く照らしていた。

家康はあお向けになったまま、股間の一物をしごいてみた。掌《てのひら》に充分な手応《てごた》えが返ってくる。

合戦前に打刀《うちがたな》の寝刃《ねたば》を合わせる気分だった。

「お待たせをいたしました」

お万が白小袖だけをまとって入ってきた。

解いた髪を左の肩の前に垂らしている。熟《う》れた桃の匂いが部屋一杯に広がった。

「ご無礼をいたします」

小袖を肩からすらりと落とし、裸になって寄り添ってきた。

湯上がりの温かい肌はむっちりと張って、乳房は持ち重りがするほど立派である。

だが緊張のせいか、体がぎこちなく固かった。

「相変わらず、男には縁がないようだな」

家康は奇妙な優越を感じながら、お万を左腕で抱き寄せた。

体をねじると右の腰に痛みが走ったのは、三方ヶ原で突かれた槍《やり》の傷跡が引きつれたからだった。

「殿以外に相手はいないと、思っていましたから」

「情の強いことだな。わしが目をかけなければ、どうするつもりだったのだ」

「ずっとお待ちして、それでも駄目なら仕方がない。そう覚悟していました」

お万が深いため息とともに家康の胸に顔をうずめた。

「それでは女子として生まれた甲斐《かい》があるまい。男も女もこうした交わりを知って、初めて一人前になる」

「でも、井伊《いい》直虎《なおとら》さまのような生き方もありますよ」

「会ったのか。直虎と」

「籠城《ろうじよう》中に、何度か話をさせていただきました」

「あれも気の毒な女子だ。あれだけの器量と才覚を持ちながら」

家康はお万の口を吸った。

つぼみのような唇の奥から、かすかに山椒の匂いがした。

「お家を守るためですから仕方がありません。その運命を受け容《い》れ、毅然《きぜん》として役目をはたしておられることに、わたくしは感銘を受けました」

「さようか。ならば身が立つように、計らってやらねばならぬな」

「このような時に、そのようなお話をなされては」

直虎に失礼だと言おうとして、お万が小さくあえいで体をのけぞらせた。

家康はすでに事を始めている。乳房をゆっくりとなでさすり、春のくさむらをかき分けて秘所へと手を伸ばしていく。

そこは風呂上がりの温かみを保ち、すでにしっとりと濡《ぬ》れていた。

お万は眉根にしわを寄せ、脱ぎ捨てた小袖をかんで歓《よろこ》びの声をもらすまいとした。

「そのような遠慮は無用じゃ」

「で、でも、宿直《とのい》の方が……」

「戦の喚声と同じじゃ。恥じることなどあるまい」

家康は小袖を奪い取り、行灯を枕元に引き寄せた。

お万の命の輝きを、この目に焼きつけておきたかった。


五月になって、甲府《こうふ》に潜伏していた服部半蔵がもどってきた。

「信玄公の近習《きんじゅ》の、土屋《つちや》蔵人《くらんど》が自害いたしました」

急《せ》き込んで伝えたが、家康の知らない名前だった。

「信玄公の伽をしていた若侍でござる」

「伽だと」

「信玄公は寵童《ちょうどう》をはべらせておられましたので」

「ほう、それは初耳だな」

名将の誉《ほま》れ高い信玄にそんな好みがあろうとは思ってもいなかったが、実は甲斐では公然の秘密だった。

信玄には若い頃から男色の傾向があり、寵童にあてた文書も残されている。

二十五歳の頃に春日源助《かすがげんすけ》という若侍に、別の若侍との浮気を疑われ、釈明しているものである。

そうした嗜好《しこう》が生涯にわたってつづいたのは、心を許せる家臣が側《そば》にいなかったからだろう。

晩年になっても土屋蔵人という美少年を、近習にして寵愛していた。

その男が自害したとは、尋常ではなかった。

「殉死《じゅんし》ということか」

「それゆえ一刻も早くお知らせしようと、馬を飛ばして参りました」

「信玄の死はひた隠しにされていると聞いた。殉死も禁じられているのではないか」

「その通りでございますが、信玄公は土屋蔵人を寵愛するあまり、他に抜きん出た厚遇をしておられたそうでございます。そのため近習仲間の妬《ねた》みを買っていたようで」

それが仇《あだ》となり、仲間から殉死もできぬ臆病者となじられ、腹を切らざるを得ない立場に追い込まれた。

半蔵はそこまで調べ上げていた。

「分かった。重ね重ねの働き、礼を申す」

家康はもう迷わなかった。

旗本先手役を中心に五千の軍勢を仕立てると、五月九日に大井川《おおい》を越えて駿河に攻め入った。

駿河一国は武田家が支配している。駿府城はその拠点であり、四、五千の軍勢はすぐに集められるはずである。

だが徳川勢が安倍《あべ》川の渡河にかかっても、迎え討とうとする者はいなかった。

家康はそのまま浅間《せんげん》神社の前に陣を張り、本多忠勝《ほんだただかつ》、榊原康政《さかきばらやすまさ》ら先手組二千を、駿府城の間近まで突入させた。

それでも武田勢は城を閉ざしたまま沈黙をつづけている。

「城下に火を放ち、人を狩ってみよ」

家康は非情の命令を下した。

人を狩るとは、領民を捕らえて連行することである。

その者たちを人質として相手方から身代金《みのしろきん》を取ったり、人買いに売り飛ばすことは、戦費調達のために行われていた。

城下でこうした狼藉《ろうぜき》が行われるのを放置するのは、領主としての資格がないと自ら認めるようなものだ。

ところがそれでも武田勢は討って出ようとしなかった。城門をぴたりと閉ざしたまま、死人のように何の反応も示さない。

信玄の死を知った城代が、すくみ上がって兵を温存しているにちがいなかった。

「もう良い。見ての通りだ」

家康は城下で鬨《とき》の声を上げて相手を威嚇《いかく》し、早々と引き上げることにした。

捕らえた領民三百人ばかりは、安倍川の河原まで連行して解放したが、そのまま掛川や浜松まで同行したいと願う者が百人ちかくいた。

城を閉ざしたままの武田勢を見て、もはや彼らに領国を保つ力はないと見切ったのである。

信玄の死を確信して浜松城に戻った家康は、長篠城、野田城の奪回をめざして動き出した。

七月早々に忠勝、康政がひきいる軍勢三千を長篠城に向かわせた。同時に吉田城の酒井忠次に、野田城を攻めるように命じた。

野田城の守備についていた室賀信俊《むろがのぶとし》は、これではとても守りきれぬと観念したのか、配下の兵をひきいて長篠城に移り、山家三方衆の手勢と一手になって城を守ろうとした。

鳳来寺道の諸城に入っていた武田勢も、ことごとく長篠城へ退却している。

このため刑部城《おさかべ》にいた井伊直虎は、難なく井伊谷城《いいのや》に復帰することができたのだった。

「無理をしてはならぬ。長篠城に敵を封じ込めておくだけで良い」

家康は忠勝らにそう命じた。

信玄死すの情報は徐々に各方面に伝わり、状況は日がたつにつれて有利になるはずだった。

七月二十日の夕方、伴与七郎資定《ばんよしちろうすけさだ》が浜松城に駆けつけた。

与七郎は甲賀《こうが》忍者の組頭で、十一年前から家康に仕え、畿内の情報収集に当たっていた。

「去る十八日、義昭《よしあき》公が降伏なされました」

宇治《うじ》の槇島《まきしま》城でのことである。

将軍足利《あしかが》義昭はこの城に近臣二千人ばかりと立て籠もり、あえなく降伏したわけだが、それには次のようないきさつがあった。

武田信玄の調略によって反信長陣営に加わった義昭は、二月に近江《おうみ》の今堅田《いまかたた》城や石山城に兵を入れて信長の上洛を阻止する構えをとった。

ところがすでに朝倉義景は越前に引き上げており、信玄は病気のために長篠城から動けない状態だった。

そこで信長は今堅田と石山をやすやすと攻め落とし、二条《にじょう》城に立て籠もった義昭勢を包囲した。

幕府勢はおよそ七千。対する信長軍は二万ちかいのだから、攻め落とすのはさほど難しくはなかっただろう。

だが攻略に手間取って混乱が拡大することと、謀叛人《むほんにん》の烙印《らくいん》を押されることを危惧した信長は義昭に和睦《わぼく》を申し入れた。

ところが武田勢の上洛に望みをつないでいた義昭は、眦《まなじり》を決してこれを拒絶した。

そこで信長は、正親町《おおぎまち》天皇に和睦の勅命を出していただくことで状況を打開しようとした。

もし義昭がこれを拒んだなら、天皇の命令に背《そむ》く逆賊として誅伐《ちゅうばつ》することが出来るので、将軍を討っても謀叛人と見なされることはない。

そんな高度な政治的判断があってのことだが、正親町天皇は信長の要求に応じようとなされなかった。

実は信長が正親町天皇に和睦の勅命を出していただくのは初めてではない。

三年前の元亀《げんき》元年（一五七〇）、浅井《あざい》、朝倉勢が比叡山《ひえいざん》に立て籠もり、伊勢《いせ》長島《ながしま》の一向一揆《いっこういっき》がこれに呼応したために、近江に出陣していた信長は前後に敵を受ける窮地におちいった。

そこで朝廷に働きかけ、正親町天皇に和睦の勅命を出していただくことで浅井、朝倉や比叡山延暦寺《えんりゃくじ》と和を結んだ。

ところがそれからわずか九ヶ月後、信長は五万余の大軍をひきいて近江に攻め込み、比叡山を焼き打ちして数千人をなで斬り（皆殺し）にした。

その惨劇からまだ二年もたっていないのに、再び信長に強要されて和睦の勅命を下したなら、天皇の権威は地に落ちる。

正親町天皇はそうお考えになり、信長の要求をきっぱりと拒まれた。

ところがこれで引き下がるほど、信長は柔《やわ》ではない。

「それでは将軍との戦になり、戦火が内裏《だいり》におよぶおそれがありますが、よろしいかな」

朝廷に使者を送ってそう申し入れた。

「嘘《うそ》や。いくら信長かて、そないなことができるはずがない。ただの脅しや」

公家《くげ》たちは震え上がりながらも、朝廷の権威を楯《たて》に拒否をつづけたが、火の手は洛外から上がった。

〈四月三日、先《まづ》洛外の堂塔寺庵を除き御放火候〉

太田牛一《おおたぎゆういち》は『信長公記《しんちょうこうき》』（角川ソフィア文庫）にそう記している。

それでも事態は動かない。そこで信長は、

〈翌日又、御構を押へ上京《かみぎょう》御放火候〉

二条城を包囲し、神社、仏閣のへだてなく上京を焼き払った。

この脅しに屈した朝廷は、四月五日に関白二条晴良《にじょうはるよし》を勅使として和議の勅命を伝えた。

義昭はやむなく和睦に応じ、側近の真木島昭光《まきしまあきみつ》の居城である槇島城に移り、七月三日に再び反信長の兵を挙げた。

信長は即座に七万余の軍勢を動かしてこれを包囲し、七月十八日に義昭を降伏させたのだった。

「信長公は公方《くぼう》さまのご嫡男《ちゃくなん》義尋《ぎじん》さまを人質とし、やがては将軍にして幕府を存続させるとおおせだそうでございます」

与七郎はそう告げた。

「して、義昭公はいかがなされた」

「河内《かわち》の若江《わかえ》城に落ちられました。城主の三好義継《みよしよしつぐ》どのは、公方さまの妹婿《いもうとむこ》ゆえ、そのご縁を頼られたのでございます」

「さようか。ご苦労であった」

これで信玄が将軍義昭を動かして築き上げた信長包囲網は完全に崩れ、信長は天下の実権を握ったのである。

家康にとっても、ようやく枕を高くして眠れる状況になったのだった。

「もうひとつ、お知らせしておきたいことがございます」

与七郎が懐《ふところ》から取り出した紙をていねいに広げた。

荒い線で大きな船が描かれていた。

「これは」

「畿内の争乱にそなえて、信長公が建造された船でございます」

「百足《むかで》の足のように見えるのは、艪《ろ》か」

「さよう。百挺艪だと聞きました」

「まさか。それでは艪の間が半間だとしても、五十間（約九十メートル）もの長さになるではないか」

「恐れながら、艪というものは船の左右についております」

「ああ、そうか。それでも二十五間、舳《へ》先《さき》と艫《とも》を合わせれば三十間ちかい長さになろう」

「殿、さすがでございますな」

「こやつ、馬鹿にしておるのか」

「とんでもない。おおせの通り、長さ三十間、幅七間の大船でござる」

「そんな船が、造れるはずがあるまい」

この頃の船は大型のものでも十間ほどの長さである。

長さがその三倍だと、容積は十倍以上になるのだから、家康が信じないのも無理はなかった。

「ところが信長公は、五月二十二日から佐和山《さわやま》城下で建造を始められ、七月三日には仕上げられました。そして槇島城の将軍勢と戦うために、七月六日に五百人をこえる馬廻《うままわ》り衆《しゅう》と共に出港なされたのでございます」

「そちは見たのか。その船を」

「大津《おおつ》に船を着けたところを遠くから見ました。警戒が厳重で、港に近寄れなかったのでございます」

それゆえこんな大雑把《おおざつぱ》な絵しか描けなかったと、与七郎が不手際をわびた。

「なぜだ。なぜそんな大船を、わずか四十日で造ることができる」

「しかとは分かりませんが、佐和山城に南蛮人《なんばんじん》が出入りしていたと申す者がおります。あるいは南蛮船の技術を用いて造ったのかもしれません」

ポルトガルやスペインが用いているガレオン船は、長さ四十間（約七十メートル）

をこえるものがある。

その技術を航海士や造船技師に教えてもらったのではないかという。

与七郎のこの推測はほぼ当たっていた。

日本の船は航《かわら》と呼ばれる厚い角材を船底材とし、これに根棚、中棚、上棚という外板を組み合わせ、上になるほど幅を広くして船体を造っていく。

船が大型化するにつれて航の角材をつなぎ合わせて造るようになったが、継ぎ目の強度に限界があるので、長さ十二、三間のものしか建造できなかった。

後に信長が九鬼《くき》水軍に造らせた鉄甲船《てっこうせん》も、この程度の長さである。

ところが洋式帆船《はんせん》は、船底に竜骨《りゅうこつ》を用いることによってこの問題を克服した。

竜骨とは恐竜の背骨のように組み合わせた船底材で、これに肋骨《ろっこつ》のような骨組みを立て、外板や甲板を張って船体を造り上げていく。

しかも竜骨や肋骨は、ひとつひとつの部材をあらかじめ造り、組み立てた後に狂いが生じないように入念に乾燥させてから船の建造にかかる。

それゆえ部材さえ完成していれば、組み立てにさして時間は要しない。

信長が長さ三十間もの船を四十日ほどで造り上げたのは、そうした技術を用いたからだが、このことは重大な政治的問題をふくんでいた。

というのは、ポルトガル国王は最新の軍事技術が他国に流出することを恐れ、ガレオン船や大砲を他国に売ることを禁じていた。

信長がこうした規制の対象外とされたのは、ポルトガルやイエズス会と特別に親密な関係を結んだからである。

そして軍事技術の提供を受けるからには、見返りとなる条件を呑《の》んだ（呑まされた）はずだが、信長は敵の包囲網を打ち破るためには仕方がないと考えたのだろう。

「そうか。南蛮船の技術か」

家康は与七郎の下手《へた》な絵をじっと見つめた。

南蛮船ならこれに三本の帆柱が立つはずだが、そこまでは教えてもらえなかったようだった。

八月になって信長から使者が来た。

槇島城を攻め落として将軍義昭を追放したことを告げるものだった。

「上様はただ今近江にもどられ、将軍方となった者たちの討伐にあたっておられます。また、去る七月二十八日には上様の奏請《そうせい》によって改元が行われました。新しい元号は天正《てんしょう》と申します」

「天正か。いい響きじゃ」

これで信長は実質的な天下人になったことを日本中に知らしめたことになる。

ちなみに天正の文字は『老子《ろうし》』の「清静《せいせい》は天下を正となすため」に由来するという。新しい国を築こうとする信長と、天下静謐《せいひつ》を願う朝廷の意向が重なり合ったものだった。

「上様は近江を治めた後、浅井、朝倉の討伐にかかられます。徳川どのは信州に迫り、武田の動きを封じるように、とのご下命でござる」

「承知した。上様に大慶の意を伝えてくれ」

家康は改元の祝いに銀二十貫（約三千二百万円）を届けさせた。

ぐずぐずしてはいられない。将軍を追放して包囲網を瓦解させたからには、信長は電光石火で浅井、朝倉を攻め亡《ほろ》ぼすだろう。

それに見合う働きをしていなければ、どんな叱責《しっせき》を受けるか分からなかった。

「長篠城を攻め落とし、奥三河《みかわ》を平定する。すぐに仕度にかかれ」

家康は重臣たちを集めてそう命じた。

長篠城の守りについているのは、武田の家臣である室賀信俊と、山家三方衆の一人である菅沼正貞《まささだ》がひきいる三千ばかりである。

これに対して家康は、自ら五千の兵をひきいて出陣し、吉田城の酒井忠次にも三千の兵を動かすように命じた。

八月八日、末広がりの縁起をかついで浜松城を出陣し、三方ヶ原から鳳来寺道をたどって長篠に向かった。

すでに秋の盛りである。

三方ヶ原の畑では大豆や里芋の収穫が始まっている。昨年十二月の合戦の時、武田の別動隊が待ち構えていたあたりにも、一面に里芋が植えられていた。

（わしはここで死んだのだ）

家康は改めてそう思い、自分を守ろうとして討死《うちじに》した家臣たちに、馬上から手を合わせた。

都田《みやこだ》川を渡り井伊谷にさしかかると、井伊直虎が近習や侍女たちを従えて接待に出ていた。

「徳川《とくがわ》さま、ご出陣おめでとうございます」

直虎は鎧《よろい》を着込み、いつでも出陣できる構えを取っていた。

「ご下知《げじ》があれば、わたくしも三百騎をひきいて同行させていただきます」

「それには及ばぬ。そなたは武田に荒らされた所領の回復につとめるが良い」

「有り難《あがた》きお言葉、痛み入ります。ならばこの者たちを、行軍の列に加えて下されませ」

酒樽《さかだる》と木箱を積んだ荷車を引く者たちに、直虎が用意をせよと申し付けた。

「酒の差し入れとは有り難い。木箱は何じゃ」

「浜名湖《はまなこ》で獲《と》れたうなぎを、焼いたものでございます」

「さようか。皆が喜ぼうが、男所帯ゆえ精がつきすぎるのも困ったものだ」

家康に悪気はなかったが、女武者である直虎は恥じらうように目を伏せた。

「この者は？」

家康は、直虎に従っている少年に目を惹《ひ》かれた。

まだ十歳ばかりだが、りりしい顔立ちをして立派に鎧を着こなしていた。

「甥《おい》の虎松《とらまつ》と申します。やがては井伊の当主になる者ゆえ、お目に留めていただきとうございます」

「井伊虎松でございます。ご武運をお祈り申し上げます」

馬上の家康を真っ直ぐに見つめ、物怖《ものお》じもせず挨拶をする。

後に徳川四天王の一人に数えられる井伊直政《なおまさ》だった。

長篠城は寒狭川《かんさ》（豊川《とよ》）と大野川《おおの》（宇連川《うれ》）が合流する場所に、鋭角に突き出した断崖の上にあった。

東西南の三方は川に切り立つ絶壁によって守られ、北側には二重の堀をめぐらし、土塁や柵を配して厳重に守りを固めている。

城はまわりより高い位置に建てるのが普通だが、長篠城は北側に扇状に広がる台地より低くなっている。埋《うず》み城と呼ばれる珍しい形だった。

大野川の南には鳶ヶ巣《とびがす》山というやせ尾根の山がある。敵はこの山頂にも砦《とりで》を作り、見張りの兵を配している。

奥三河や信州方面の身方と、狼煙《のろし》で連絡を取り合うためだった。

家康は城の北側の高台にある大通寺《だいつうじ》を本陣とし、本多忠勝と榊原康政を呼んで長篠城をどう攻めるかたずねた。

「まず鳶ヶ巣山の砦をつぶすべきと存じます」

忠勝は眼光鋭く猛々《たけだけ》しいひげをたくわえて、今や立派な武将に成長していた。

「ほう、何ゆえだ」

「長篠城は埋み城でまわりの見通しがきかず、城外の身方との連絡が取れませぬ。それゆえ砦を落とせば敵の目を奪うも同じでございます」

「うむ、それから」

「敵を孤立させた後、外堀から攻めかかります。鉄砲で援護射撃をしながら堀の底に下り、梯子《はしご》を使って攻め登ります」

かなりの犠牲を覚悟しなければならない作戦だが、強硬策を取るとすればそれしかなかった。

「康政、そなたはどう思う」

「包囲を厳重にして、兵糧《ひょうろう》攻めにするべきと存じます。城内には水も不足しておりますので、このまま雨が降らなければ十日ももたないと存じます」

康政は武将よりは官吏が似合いそうな優しげな顔立ちで、考えることも理知的だった。

「この雲行きでは、明後日《あさって》あたり雨になるかもしれぬぞ」

家康は鳶ヶ巣山の上空をながめた。雲が西から東へ流れ、少しずつ色あいが濃くなっている。山には名前の通り鳶の巣があって、何羽かが高い所で輪を描いていた。

「策は兵糧攻めだけではありません。城を包囲している間に、作手《つくで》城の奥平どのや田峯《だみね》城の菅沼どのに身方するように調略を仕掛けます。両者が身方になれば、長篠城の菅沼どのも降伏なされましょう」

「作手と田峯、どちらに調略を仕掛ける」

「山家三方衆の筆頭は奥平どのでございます。奥平美作守定能《みまさかのかみさだよし》どのと交渉するべきでございましょう」

「ならば康政に交渉を任す。使者は菅沼定盈《さだみつ》に頼むがよい。それから忠勝」

「ははっ」

「明日の未明、挨拶《あいさつ》がわりに城を攻めてみよ。ただし少人数では埒《らち》があかぬ。全軍外堀に取りついて、いっせいに攻めるのだ」

「承知いたしました」

「それがしも、さっそく手配いたしまする」

忠勝と康政は仕事を任された嬉《うれ》しさに、先を争うように本陣を出ていった。

翌日は曇り空だった。

家康が予測したように、天気は崩れ始めている。そのために夜が明けるのがいつもより遅く感じられたほどだった。

未明のうちに城の包囲を終えた徳川勢は、三重の陣を敷いて攻撃の命令が下るのを待っていた。

長篠城は小さな城である。

東の大野川、西の寒狭川にはさまれた狭隘《きょうあい》の地を本丸とし、北からの攻撃にそなえて内堀、外堀をめぐらしている。

外堀の全長は四町（約四百四十メートル）にも満たないので、五千もの兵で攻めるには三重の陣を敷かなければ軍勢のおさまりがつかないのだった。

徳川勢の動きを察知した城兵たちは、非常の鐘を打ち鳴らして急を告げ、全員守備についていた。

帯曲輪を菅沼勢、弾正《だんじよう》曲輪を室賀勢が受け持っている。

「どうやら三千ばかりのようでござるな」

鳥居元忠は家康の側に詰めて参謀役をつとめていた。

「鉄砲はどれくらい持っておろうか」

「分かりませぬ。相手の戦ぶりを見て判断するしかありませんな」

「小手調べじゃ。くれぐれも無理をするなと忠勝に伝えよ」

三方ヶ原の戦いで一千余の将兵を失った痛手から、徳川家はまだ立ち直っていない。兵を死なせぬように傷付けぬようにという思いは切実だった。

やがて山のふもとの若宮《わかみや》八幡宮を本陣としている忠勝が、馬を乗り出して采配《さいはい》を振った。

それと同時に合図の銃声がたてつづけに上がり、先陣の者たちが喚声を上げて城攻めにかかった。

足軽たちが梯子を空堀《からぼり》に投げ落とし、楯を持って次々に飛び下りていく。そうして堀の向こう側に梯子を立てかけ、将兵が攻め登れるように足場を作る。

敵はそうはさせじと、柵の内から矢を射かけ鉄砲を撃ちかける。

外堀の際《きわ》に布陣した徳川家の弓隊や鉄砲隊は、身方を守るための援護射撃をする。

すると敵は竹束《たけたば》でそれを防ぎ、竹束に開けた銃眼から撃ち返してくる。

幅十五間（約二十七メートル）ばかりの空堀をへだて、猛烈な銃撃戦となった。

敵には二百挺《ちょう》ばかりの鉄砲しかないようで、弾を撃ちつくしたのか次第に射撃の音がまばらになっていく。

その間にも先陣の将兵たちが空堀に飛び込み、梯子を登って柵を切り倒したり引き倒したりしようとする。

敵は頭上から長槍で突いたり、刺叉《さすまた》を使って梯子を後ろに突き倒そうとする。

堀際の鉄砲隊はそれを狙い撃とうとするが、敵も竹束や鉄張りの楯を足軽に持たせ、身を守りながら長槍や刺叉をくり出してくる。

「殿、あれをご覧下され」

元忠に言われて目を上げると、鳶ケ巣山から急を告げる黄色の狼煙が上がっていた。

やがて北方の火灯《ひともし》山からも同じ色の狼煙が上がり、奥三河や信州の武田勢に急を告げていた。

「武田はまだ長篠城を見捨ててはおらぬということだな」

「やがて援軍を送ってくるかもしれませぬ。早目に決着をつけるべきと存じます」

「いや、攻め急いで身方の犠牲を増やすわけにはいかぬ」

まずあの目をつぶすことだと、家康は鳶ヶ巣山を見やった。

忠勝は家康の意図をよく分かっている。半刻（約一時間）ほど猛攻を加えると、退き太鼓を打ち鳴らして作戦の終了を告げた。

身方の援護に守られながら、空堀に飛び込んでいた将兵が引き上げてくる。数十名の死傷者が出たが、敵の防御態勢と能力を知るためにはやむを得ない犠牲だった。

午後になって酒井忠次の軍勢三千が、寒狭川の西岸の大海《おおうみ》に布陣した。長篠城を攻めるためではなく、武田勢が北から救援に駆けつけた場合に備えたのである。

「そちは忠次と連絡を取り、鳶ヶ巣山に夜襲をかけよ」

家康は忠勝にそう命じた。

次に榊原康政を呼び、和議の調略を急ぐように命じた。

「ぐずぐずしていては武田が出てくる。その前に山家三方衆を身方に引き入れるのだ」

「ところが菅沼定盈どのが、和議の仲介を引き受けようとなされませぬ」

「なぜだ」

「自分はその器ではないとおおせられるばかりで……」

理由は言わないと、康政が苦渋の表情を浮かべた。

家康はすぐに定盈を本陣に呼び、長篠城を眼下に見ながら話をした。

「あの城を力ずくで落とせば、双方ともに大きな犠牲を強いられる。それゆえ和議の仲介を頼んでおるのだ」

「お考えは重々承知しております」

定盈は家康と同じ三十二歳。

十五歳で野田菅沼家を継ぎ、今川《いまがわ》、徳川、武田の争いに翻弄《ほんろう》されながら、菅沼一族の中では唯一、徳川に従って生き抜いてきた苦労人だった。

「ならば、なぜ引き受けぬ」

「それがしには作手の奥平どのや田峯の菅沼どのを動かす力はござらぬ」

「そなたが動かすのではない。わしの意を伝えるだけで良いのだ」

「恐れながら、その任でもございませぬ」

定盈が陰気な表情をして強情に言い張った。

「聞こうか。その訳を」

「ひとつは三方衆と長年敵対してきたこと。いまひとつは、それがしがあの方々を憎んでいることでござる」

「野田城を攻め落とされたからか」

「そればかりではなく、人質になった時に耐えがたい侮《あなど》りを受け申した。その言葉ひとつを思い出しただけで、体中の血が怒りにわき立つほどでござる」

「しかし、わしは人質交換でそなたを助けた。仲介の役をはたし、その恩に報《むく》いてくれ」

「敵中に攻め入って討死せよとお申し付け下されば、即座に従いまする。しかし、この役目だけは何としてもお断りさせていただきます」

侍には意地がある、その意地を曲げては一分（面目）が立たぬと、定盈が目をうるませて言い張った。

「見るが良い。あの中に籠もっているのも、そなたと同じ菅沼一族だ」

家康はもう一度長篠城に目を向けさせた。

「家臣の中には、互いに縁組をしている者もおろう。娘を嫁《とつ》がせたり、嫁をもらったり。ちがうか」

「一族ゆえ、そのようなこともございます」

「養子のやり取りをして、親子、兄弟となった者もいるはずだ。このままでは、その者たちは身内で殺し合わねばならぬ。それを避けたいと思わぬか」

「互いに侍ゆえ、日頃から覚悟はしております」

「だからといって、それを願っているわけではない。仲良く幸せに暮らせるに越したことはないのだ」

家康が鋭く迫ると、定盈は言葉に詰まって目をそらした。

「その幸せを守ることこそ、上に立つ者の務めではないか」

「面目を失ったなら、誰からも信用されなくなります。信用を失えば、従う者もいなくなると存じます」

「それは小さな了見だ。命をかけて家族、家臣、領民を守ろうとしている限り、面目を失うことなど絶対にない」

「………」

「たとえ一時的に非難されたとしても、時がくれば必ず分かってもらえる。それを待つ度量も、侍には必要なのだ」

「しかし、それがしが和睦の仲介をしたところで、作手も田峯も従いますまい」

自分の手柄にするために走り回っていると思うに決まっていると、定盈の三方衆に対する不信は根強かった。

「ならば、天下の情勢を説いて、目を覚まさせてやれ」

「天下の、情勢……」

「信長公が公方さまを追放なされた。知っておるか」

「い、いいえ。存じませぬ」

「武田はひた隠しにしておるようだが、もはや信玄も生きてはおらぬ。やがて浅井、朝倉も信長公に亡ぼされよう」

「まさか……、そのようなことが」

「今のうちに武田と手を切らなければ、山家三方衆も亡ぶことになる。そうなる前に救いに来たと、作手と田峯に言ってやれ」

定盈は家康の目を真っ直ぐに見つめていたが、やがて得心がいったらしく、肩で大きく息をついた。

「承知いたしました。ただし、ひとつお願いがございます」

「申すがよい」

「使者は榊原どのとし、それがしは添え役にしていただきたい」

「それで構わぬ。要は和睦を成し遂げることだ」

「条件はいかがいたしますか」

定盈はすぱりと頭を切り替え、矢立てを取り出して筆記する構えを取った。

「作手、田峯、長篠がそろって身方になるなら、城も所領も今のままとする。長篠城に籠もっている者たちの無事も保証する」

「恐れながら、それだけでは弱いと存じます」

「やがて武田を亡ぼしたなら、信州のうち伊奈《いな》郡を与えられるように取り計らう。当面の恩賞として、三河、遠江《とおとうみ》のうち三千貫の所領を与えよう」

この頃の所領の単位は石高ではなく貫高である。

家康は年間三千貫（約二億四千万円）の収入がある土地を与えることで、身方に引き込もうと考えていた。

その夜、本多忠勝と酒井忠次の精鋭部隊は、東西から鳶ヶ巣山に攻め込んで敵の砦を占領した。

「十八人を討ち取り五十二人を捕らえました」

忠勝が夜明けを待って報告に来た。

砦には百五十人ばかりいたが、後の者は逃げ散ったという。

「苦労であった。捕らえた者の中に、狼煙番はいるか」

「二人おります」

「ならば降伏した時の合図を聞き出し、狼煙を上げさせてみよ」

「承知」

忠勝は砦に取って返し、白い狼煙二筋を上げた。

武田勢に降伏の合図を送り、長篠城の救援をあきらめさせようとしたのだが、火灯山の砦の者たちは合図を引き継がなかった。

遠目にも長篠城が降伏していないのが分かるのか、城の近くまで物見を出して状況を確かめているようだった。

午後になって、大海の陣所で指揮をとっていた酒井忠次が訪ねてきた。たわわに実をつけた柿の枝を、左手に無雑作《むぞうさ》に下げていた。

「見事な柿がありましたので、手折《たお》って参りました。ひとついかがでございますか」

「おう。もらおうか」

家康は小ぶりの柿を噛《か》んでみた。

さくりとした歯応えがあり、甘みと水気が口の中に広がった。

「うまいな。ここは柿に向いた土地らしい」

「梅も大粒の実がなると、地の者が申しておりました」

「桃栗三年、柿八年という。時が味わいを育てるのだ」

家康はごまがびっしりと入った柿をほれぼれとながめた。

「そうだ。この柿を長篠城の者たちに差し入れてやれ。少しは疲れが取れるようにな」

「力攻めには、なされませぬか」

「山家三方衆との和睦が成れば、攻めずとも敵は降伏する。この城は交渉を有利に進めるための人質のようなものだ」

「ほう。殿の知恵も柿の味のように深みが増して参りましたな」

「信玄は二俣城を囮《おとり》にして、我らを後詰《ごづ》めに誘い出そうとした。あのやり方を、少々学ばせてもらったのだ」

山家三方衆との交渉は難航していた。

作手城の奥平美作守定能、信昌《のぶまさ》父子は和睦に応じる姿勢を示したが、定能の父道《どう》紋《もん》（定勝《さだかつ》）と弟の常勝《つねかつ》は強硬に反対している。

また田峯城では菅沼定氏《さだうじ》ら分家の者は定能に同意したが、本家の刑部丞《ぎょうぶのじょう》定忠《さだただ》は奥平道紋と行動を共にしているという。

康政と定盈は、長篠城の北方一里のところにある貴船《きぶね》神社を交渉場所とし、定能父子と粘り強く話し合いをつづけていたが解決の糸口は見出《みいだ》せなかった。

二人が憔悴《しょうすい》した様子で家康の本陣にやって来たのは、八月十日になってからである。

「面目ございません。どうしても三方衆の足並みをそろえることができませぬ」

康政は自分の見通しが甘かったことを恥じ入っていた。

「榊原どののせいではありませぬ。もともとあいう手合いなのでござる」

定盈が気の毒そうに康政を庇《かば》った。

「かくなる上は自分に同意する者たちだけを引き連れて作手城を出ると、美作守どのはおおせでございます。それでも和議を結んでいただけるなら、精一杯のことはすると」

「三方衆のうち、美作守に従う者たちはいかほどじゃ」

「今のところ作手城では半分、田峯城では三分の一ほどだそうでございます。しかし、和睦の条件さえ良ければ、同意する者も増えるはずだと」

「殿、そのような見えすいた手に乗せられてはなりませぬぞ」

同席していた鳥居元忠が、聞き捨てならんと割って入った。

「家を二つに割って双方につくのは、どちらが勝っても生き延びられるようにするためでござる。しかもそれを理由に和睦の条件を良くしようとは、悪賢いと言うかずうずうしいと言うか、とんでもない輩《やから》でござる。のう菅沼どの」

「さよう。それが三方衆のやり口でござる」

定盈は仕方なげにつぶやいた。

「それでも良いではないか。我らの身方をするために居城を捨てるとは、並々ならぬ覚悟じゃ。その覚悟に免じて、少々のことは大目に見てやれ」

「それでは他の家臣たちに示しがつきませぬ。それに相手が和睦に応じたところで、作手城も田峯城も手に入れることはできぬのでござるぞ」

「武田を追い払い、二つの城に定能父子を入れれば良い。その時もそう遠くはあるまい。それに定能と当家は親戚なのだ」

奥平道紋は水野忠政《ただまさ》の妹を妻にしている。その間に生まれたのが定能だから、於大の方と定能は従姉弟《いとこ》にあたる。

家康と定能の嫡男信昌は、又従兄弟《またいとこ》になるのだった。

「殿がそのようにおおせなら、何も言うことはござらん」

元忠が腹立たしげに口を閉ざした。

「康政、定能らが望んでいる条件は何だ」

「奥平家の知行地《ちぎようち》を安堵するばかりでなく、牛久保《うしくぼ》と山中七郷の旧領を返還すること。田峯領一円は定能どのに従う菅沼定氏どのに安堵すること。長篠城が降伏した後には、長篠菅沼家の旧領を安堵することでございます」

「それを認めたなら、どれほどの者が定能に従うと申しておるのじゃ」

「作手で七割、田峯で六割とおおせでございます」

「それは見込みであろう」

元忠がこらえきれずに口をはさんだ。

有利な条件をせしめた後で、見込みとはちがったと言い抜けることもできるのである。

「それで良い。すべて認めるゆえ、早く城を出て実を示せと伝えよ」

定能らのしぶとさを、家康は心のどこかで楽しんでいる。生き延びるための懸命さが、なぜか愛《いと》おしいのだった。

康政らはすぐに交渉場所の貴船神社にとって返したが、翌日には新たな条件を突き付けられてもどってきた。

「殿、定能どのの新たな要求でございます。お腹立ちとあらば、それがしに腹を切れとお命じ下され」

こんな条件を突き返せなかった交渉力のなさを恥じ、康政は悲壮な覚悟を定めていた。

定能の書状に記されていた要求は次の二点だった。

一、家康の娘と信昌の縁組をすること。

一、両家の和睦を保証すると、織田信長公に誓約していただくこと。

この臆面もない要求には家康もさすがに当惑し、二度三度と読み直した。

娘というのは亀姫《かめ》のことだろう。

今年で十四歳になるので縁組してもおかしくはないが、今の奥平の立場で娘をよこせと言うのはあまりに虫が良すぎる。

しかも両家の和睦を保証する起請文《きしようもん》を信長に出させよというのだから、奥平と家康は対等であると言うも同じである。

これは大名と国人ではなく、大名同士が取り交わす内容だった。

「信昌はいくつじゃ」

家康の口調は我知らずきつくなっていた。

「十九でございます」

「うむ、さようか」

「殿、それがしにも」

書状を見せて下されと元忠が催促した。

「やめておけ。煮え立った鍋のように腹を立てるのがおちだ」

「何を……、何をおおせられる。もう何も言わぬと、昨日申し上げたではござらぬか」

「武士に二言はあるまいな」

家康は念を押して書状を渡した。

読むなり元忠は表情を一変させ、

「康政、そちは何をしておるのじゃ」

割れ鐘のような大声で怒鳴りつけた。

「元忠、二言はないと申したではないか」

「殿に申しているのではございませぬ。それがしと康政の話でござる。こんな話を持ち帰るとは……、菅沼どのも情けない」

元忠の怒りは同行した定盈にも向けられた。

「これが山家三方衆でござる。それゆえそれがしは仲介役を断り申した」

定盈は一歩も引かずに反論し、

「しかし身方にしたなら、これほど心強い者たちはおりませぬ」

そう付け加えた。

「分かった。その条件で構わぬ。起請文をしたためるゆえ、伺候《しこう》せよと奥平に伝えよ」

「殿、なりませぬ」

元忠が反対した。

ここまで譲歩しては、徳川家の威信にかかわると言うのである。

「三方ヶ原で敗《ま》けてから、初めて身方に加わってくれるのじゃ。山家三方衆が当方に従うとなれば、去就に迷っている他の国衆《くにしゅう》もならうであろう。それにな。失った威信はもっと大きな場所で取り返せば良い」

こうして破格の起請文が奥平定能、信昌父子に渡されることになった。

八月二十日付のこの誓書（『譜牒余禄《ふちょうよろく》』収録）で、家康は定能父子の言い分をすべて認めている。

中でも特筆すべきは第一条。
一、今度申し合せ候縁辺の儀、来九月中に祝言あるべく候。このごとき上は、御進退善悪ともに見放し申す間敷こと。
亀姫と信昌の祝言を九月中に行うと明言していることだ。

それに信長のことに触れた第七条。
一、信長御起請文取り進むべく候。信州伊奈郡の儀、信長へも申し届くべく候こと。
両家の和議を保証する起請文を信長に出させることを認めた上に、武田から伊奈郡を奪った後には奥平に与えるよう信長に進言すると約束している。

この起請文を渡した翌日、定能父子が康政らにともなわれて家康の本陣にやってきた。

定能は家康より五つ上の三十七歳。目が細くあごの張った鋭い顔立ちをして、筋肉質の引き締まった体から闘気を発している。

信昌は父親に似ぬ優しげな顔をしているが、武道の鍛練をつんでいることは甲の厚い拳《こぶし》と丸太のような腕を見れば分かった。

「このたびは格別のお計らいをいただき、かたじけのうございます」

定能が口上をのべ、二人そろって頭を下げた。

「まさに格別の計らいをした。それだけ奥平を見込んでいるのだ」

「かたじけのうござる。子々孫々まで、ご当家の家来として仕えさせていただきまする」

「我らとは対等だと思っているのではないのか」

「あれは多くの身方をつのるためにお願いしたことでござる。ご無礼の段、お許しいただきたい」

定能が平然と言い放った。

「信昌、そちとは親子になるのじゃ。頼りにしておるぞ」

「徳川さまの度量の大きさに感じ入りました。婿《むこ》にしていただき、これ以上の誉れはございませぬ」

信昌は気負いもせず美しい所作で頭を下げた。

仕方がなく亀姫との縁組を認めたが、案外掘り出し物かもしれなかった。

三日後、伴与七郎の配下が山伏《やまぶし》姿でやって来た。

「越前の朝倉義景どのが討たれました。朝倉家滅亡でございます」

義景は浅井長政《ながまさ》を救うために近江に出陣したが、信長軍に大敗して一乗谷《いちじょうだに》に逃げ帰った。ところが家臣の大半は逃げ去り重臣には裏切られて、抗戦もできないまま自刃したという。

家康が奥平への起請文を書いた八月二十日のことである。

「さようか。それで信長公は」

「返す刀で小谷《おだに》城を攻めておられます」

その知らせに、家康は思いがけないほど動揺した。

小谷城にはお市と三人の娘たちがいる。落城の混乱の中では助かるかどうか分からなかった。

（いくら信長公でも、実の妹を見殺しにはなさるまい）

そう思うものの、浅井長政の裏切りに対する信長の怒りの激しさを知っているだけに、じっとしていられない気持ちになった。

（そういえば、わたくしのことを、ずっと気にかけていて下さい、と言っていた

な）

明け方、そう言って部屋を出ていったお市の姿が脳裡《のうり》によみがえった。

美しく儚《はかな》げで、気丈な女である。

女は男女の交わりによって子種を宿すかわりに、一生消えぬ記憶を男の胸に刻み込むのかもしれなかった。

小谷城は九月一日に落城し、浅井家は滅びた。お市と三人の娘は無事に助け出され、信長のもとに引き取られたという。

これで武田信玄が仕掛けた信長包囲網は完全に瓦解し、信長に対抗できる者は畿内近国にはいなくなった。

長篠城が降伏したのは九月十日のことである。

家康はねらい通り、将兵を損じることなく城を奪い返したのだった。

第三章
勝頼南下

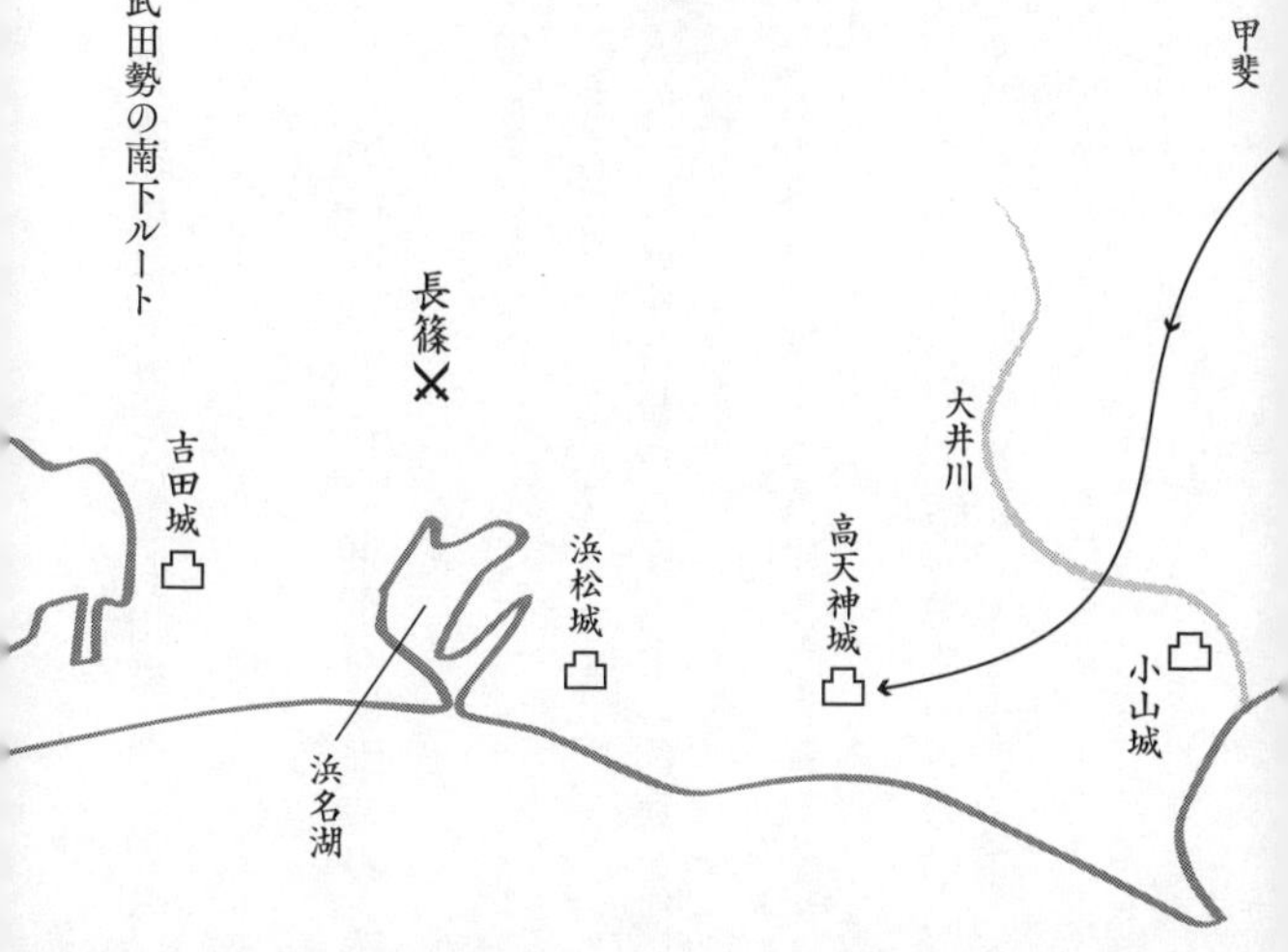

武田勢の南下ルート

翌天正《てんしょう》二年（一五七四）の年明け早々、徳川家康《とくがわいえやす》は酒井忠次《さかいただつぐ》と石川家成《いしかわいえなり》を招き、富士見櫓《ふじみやぐら》で茶会を開いた。

点前《てまえ》はいつものように松平康忠《まつだいらやすただ》がつとめた。

四人は血縁関係でも結ばれている。家康と康忠は従兄弟《いとこ》だし、康忠の母碓井《うすい》の方《かた》は忠次と再婚している。

このため忠次は康忠の義父、家康の義理の叔父《おじ》になった。

忠次と碓井の方との間には、家次《いえつぐ》、康俊《やすとし》、信之《のぶゆき》が生まれている。

忠次は碓井の方と結婚する時、家康に三人の子を成すと誓ったが、その約束を律儀《りちぎ》に守ったのである。

石川家成の母 妙春尼《みょうしゅんに》も於大《おだい》の方《かた》の妹なので、家成は家康とも康忠とも従兄弟にあたるのだった。

この年の正月は暖かい。雪も年末に何度か降ったくらいで、積もっているのは高い山の上ばかりだった。

「去年の正月のことを思えば、夢のようでございますな」

忠次が天目台《てんもくだい》で出された茶を、ゆったりと飲み干した。

今年で四十八歳になる。髪にもひげにも白いものが目立ち始めていた。

「さよう。三方ヶ原《みかたがはら》で大敗した後で、吹き来る風が余計に冷たく感じられたものでござる」

家成も感慨深げにつぶやいた。

「まだ油断はできぬ。信玄《しんげん》が他界したとはいえ、武田《たけだ》の軍勢も領国もそっくり残っているのじゃ」

家康は二人を天目台と天目茶碗《ぢやわん》でもてなしている。

吉田《よしだ》城と掛川《かけがわ》城の城主として領国を守りつづけてくれたことに、敬意を表してのことだった。

「奥平定能《おくだいらさだよし》どのが身方《みかた》に参じられたとはいえ、作手《つくで》城も田峯《だみね》城も武田方のままでござる。ちと高い買い物をなされましたな」

忠次が苦笑した。

家康は定能が求めるままの条件で和睦《わぼく》をした。このため定能父子は作手城を出て岡崎《おかざき》城下に移ったものの、彼らに従った家臣は作手城で半数、田峯城では三割にすぎなかった。

「だがそのお陰《かげ》で長篠《ながしの》城を降伏させることができた。それに奥三河《みかわ》に楔《くさび》を打ち込むことができたのじゃ。決して高いとは思わぬ」

「武田はどう出て参りましょうか」

家成がたずねた。

「勝頼《かつより》は天文《てんぶん》十五年の生まれと聞く。康忠と同じ歳《とし》じゃ」

お前ならどうすると、家康は康忠に話を向けた。

「勝頼どのは五ヶ国の大守《たいしゅ》でございます。立場がちがいますゆえ」

自分などには想像もつかないと康忠が謙遜《けんそん》した。

源七郎《げんしちろう》と呼ばれて小姓《こしょう》をつとめていた康忠も、すでに二十九歳になっている。家康の異母妹の矢田《やだ》姫を妻に迎え、嫡男《ちゃくなん》にも恵まれていた。

「それなら勝頼の重臣になったつもりで考えよ。信玄の他界で動揺する領国をどう立て直す」

「噂《うわさ》によれば信玄公は、三年喪《も》を秘すように遺言なされたそうでございます。そのお申し付けを守り、他国への侵攻よりも家中、領国を掌握することに専念されるのではないでしょうか」

「いかにもそなたらしい考え方だが、今はそんなになま易《やさ》しい状況ではない」

　忠次が横から口をはさんだ。

「武田は北に上杉《うえすぎ》、西に織田《おだ》、南に当家という敵を抱えておる。その境目では常に争いが起こるゆえ、身方を守りきれなければ敵に付け込まれ、領国を維持することができなくなるのだ」

「それでは忠次どのは、武田はどう出るとお考えですか」

「奥三河の回復にかかるであろう。作手城、田峯城への支援を強化し、長篠城を奪い返そうとする」

「そうお考えでしょうか、殿も」

「うむ。奥三河を失えば信州《しんしゅう》の伊奈《いな》郡がおびやかされ、西美濃《みの》との連絡を断たれる。武田としては何としても押さえておかねばならぬ。その計略をどう封じるかが、我らの課題だ」

「上杉勢はすでに三国《みくに》峠をこえて関東に入っております。もうじき西上野《こうずけ》の武田方の城を攻めるものと存じます」

　家成は上杉謙信《けんしん》との交渉役をつとめ、南北から武田を挟撃《きょうげき》する策を進めていた。

「それに対して、北条《ほうじょう》はどう動く」

「甲相《こうそう》同盟を結んでおりますので、武田と協力して上杉を防ごうとするはずでござる」

「忠次、北条との交渉はうまくいかぬか」

「氏政《うじまさ》どのは父上である氏康《うじやす》どのの遺言に背《そむ》いて、武田と再度手を結ばれました。それを変えさせるのは難しゅうございます」

忠次は北条との交渉役をつとめているが、状況はなかなか厳しかった。

「今川《いまがわ》どのを使えぬか」

「氏真《うじざね》公でござるか」

「駿河《するが》を武田から奪い返し、今川どのに与えるという盟約を北条と交わしている。あれを活《い》かす手はないか」

「あれは五年も前のことでござる。それに北条が武田と同盟を結んだために、立ち消えになっておりまする」

この五年の間、家康は武田、北条と凄《すさ》まじい外交戦を展開してきた。

永禄《えいろく》十二年（一五六九）、家康は信玄と同盟して東西から今川領に攻め込んだ。

遠州《えんしゆう》は家康、駿河は信玄が取るという約束があってのことである。

ところが信玄は信長に手を回し、「両川自滅《りようせん》の策」をめぐらしていた。

徳川と今川を戦わせて疲弊させ、武田と織田で東西から攻め込んで漁夫《ぎよふ》の利をねらうという計略である。

これを知った家康は、駿府《すんぷ》を追われて掛川城に籠城《ろうじよう》していた今川氏真を助けることにした。

薩埵《さつた》山まで出陣していた北条氏政のもとに忠次をつかわし、東西から武田を攻める密約を交わしたのである。

その時の条件が、氏真を助けて北条家に引き渡し、武田を追い払った後に駿河を今川家に与えるというものだった。

家康は信長には逆らえない。信玄はそう高をくくって両川自滅の策を仕掛けたのだが、豈図《あに》らんや、家康は信長に無断で北条と同盟し、駿府にいた信玄を挟撃する策に出た。

信玄は大慌てで甲府《こうふ》に引き上げざるを得なくなり、二十八歳だった家康にしてやられた形となった。

この時の怒りと悔《くや》しさが三方ヶ原の戦《いくさ》の原因になったことは、信玄が配下の武将にあてた書状に「三ヶ年の鬱憤《うつぷん》を晴らす」と記していることからも明らかである。

信玄はこの作戦に取りかかる前に、北条家との仲を修復することにした。

元亀《げんき》二年（一五七一）十月に北条氏康が他界したのを奇貨として、娘婿《むすめむこ》だった氏政と和解し、再び甲相同盟を結んだ。

このため居場所を失った氏真は、家康に引き取られて浜松《はままつ》城に住むことになったのだった。

「立ち消えになったとはいえ、約束を破棄《はき》した覚えはない」

「書面での通告はしておりませぬが、氏真公を浜松城に引き取ったことで、前の約束はなかったと申し合わせたも同じでございます」

「いいから北条に使者を送り、氏真どのを駿河にもどすために旧約を復したいと申し入れよ。北条を敵にするつもりは、当方にはないと伝えるのだ」

武田と北条が一枚岩になっていては、武田から駿河を奪い取るのは難しい。両者の間に楔を打ち込み、何とか離間させたかった。

「ところで殿、お万《まん》どのはいかがでございますか」

家成が出産間近のお万の容体を気づかった。

「来月早々に生まれると聞いておる。大きな腹をして大儀そうだが、いたって元気じゃ」

「きっと男が生まれましょう。楽しみなことでござるな」

「男と決まったわけではない。元気に生まれてくれればどちらでも良い」

「いいや、男でございましょう。馬一頭賭《か》けても良うござる。のう、忠次どの」

「さようでござるな。お万どのは碓井の姪《めい》に当たりますからな」

碓井との間に三人の男子を成した忠次は、いささか得意気に言った。

思えば家康も家成も康忠も、水野《みずの》家の母から生まれている。「水野の女はいい男子を産む」とは、三河では広く信じられていることだった。

茶会の後、家康は奥御殿にお万をたずねた。

懐妊したと分かってからは側室として扱い、侍女をつけて身の回りの世話をさせていた。

「どうだ。具合は」

「お陰さまで何ともありませんが、近頃は無性におなかが空《す》いて」

ついつい食べてしまうと、お万が仕方なげに腹をさすった。

そのせいか、かなり太って二重あごになっていた。

「児《やや》の分も必要なのだ。仕方があるまい」

「近頃はよく動いて、おなかを蹴ったりでんぐり返りをするのですよ。乱暴者のようでございます」

「家成は男の子誕生に馬一頭賭けると申した」

「まあ、そのような賭けに応じられたのでございますか」

「応じはせぬ。話だけじゃ」

「それは良うございました。きっと男の子でございます」

お万はゆるぎなく言いきった。

「分かるのか。母親には」

「体の中にいますからね。そう感じるのでございます」

懐妊して以来、お万は胎児の成長と軌《き》を一にするようにたくましくなっていく。

近頃では祖母の源応院《げんおういん》より於大の方に似てきていた。

「さようか。それは楽しみじゃ」

「ひとつご相談があるのですが」

「うむ。何かな」

「伯母上《おばうえ》さまに出産のことを伝えましたところ、たいへん喜んで下されました」

伯母上とは於大のことである。

以前は於大の方さまと呼んでいたが、側室になってからは伯母上さまと呼ぶようになっていた。

「それで……、出産の手伝いに浜松に来たいとおおせなのでございます」

「手伝いなら、侍女がいるではないか」

「わたくしもそう思っておりますが、このように懇切《こんせつ》な書状をいただきましたので、お断りするのも失礼ではないかと思いまして」

お万がぶ厚い書状を差し出した。

家康はざっと目を通した。確かに何くれとなく世話をしたいと書かれているが、於大に来てもらうのは気が進まなかった。

したり顔であれこれ言われるのが目に見えていた。

「だから、母上には知らせなくても良いと申したではないか」

「申し訳ございません。しかし知らせなければ、義理を欠くようで落ち着けなかったものですから」

「それならわしに言えば良かったのだ。わしが伝えたなら、母上もここまで押しの強いことはおおせられなかったはずじゃ」

実は家康には弱みがある。

お万を側室にしたことも子供が生まれることも、正室の瀬名《せな》にはまだ伝えていない。亀姫《かめ》と奥平信昌《のぶまさ》の縁談の了解さえ、瀬名と亀姫から得ていないのである。

そのことが負い目になっているだけに、お万の出産を知った於大が、鬼の首でも取ったように岡崎城中に触れ回っていると思うと憂鬱《ゆううつ》だった。

「武田との戦が迫っておるゆえ、浜松は安全とは言えぬ。そう言ってお断りせよ」

「ならば岡崎城にもどって来やれと、おおせられるかもしれません。その時はどうしましょうか」

「そちはもどりたいのか」

「いいえ。殿のお側《そば》にいとうございます」

「ならばそう書いておけば良かろう。ともかくあのお方に、口も顔も出してもらいたくないのじゃ」

お万が悪い訳ではない。それなのになぜこんなに苛立《いらだ》つのか自分でも分からず、家康はいっそう刺立《とげだ》った気分になっていった。

家康は、出産がすむまでお万を宇布見《うぶみ》村（浜松市西区雄踏《ゆうとう》町）の領主である中村《なかむら》正吉《まさよし》に預けることにした。

浜松城にいては武田家との合戦に巻き込まれるおそれがある、というのが表向きの理由である。

だが本当は、お万を側においていては於大が不意に訪ねて来るようで落ち着けないのだった。


一月十八日、上杉謙信は家康との盟約に従って厩橋《まやばし》城（群馬県前橋市）に入り、西上野に進撃する構えを取った。

ところが武田と北条が西と南から上杉勢に備える陣形を取ったために、謙信は動きを封じられることになった。

家康の離間策は不発に終わり、武田と北条の結束は固い。

しかも武田家は、信玄を失った後も勝頼を中心に盤石《ばんじゃく》の態勢をとっていることが明らかになった。

（やがて武田は、長篠に出てくる）

家康はそうした危機感に駆り立てられ、長篠城の修築を急がせた。

二の丸の外に三の丸を築き、外堀をめぐらすと同時に、中堀、内堀を深くし、万一の時には矢沢《やざわ》川をせき止めて水を引き入れられるようにしたのだった。

二月八日、中村正吉から使者が来た。

「今朝方、お万さまがご出産なされました。母子ともに無事でございます」

「男か、女か」

「男子でございます。おめでとうございます」

七日の産穢《さんえ》が明けるのを待ち、家康はお万のもとに駆けつけた。

三里（約十二キロ）の道を馬を飛ばし、逸《はや》る気持ちを抑えて中村家の門前に立ったが、応対に出た中村正吉は困ったように表情を硬くした。

「どうした。お万と児に何かあったか」

「いえ。お、お元気でございます」

「ならば早く寝所に案内してくれ。眠っていても構わぬ」

我が子の元気な姿を早く見たい。

その一心で急き立てたが、

「しばらく、しばらくここでお待ち下さい。様子を見て参りますので」

正吉は家康を広間に残し、奥の寝所へ向かった。

しばらくして戻った時には、お歯黒をした初老の侍女を従えていた。お万の世話をしている清子《きよこ》だった。

「どうぞ。ご案内いたします」

何やら不穏な空気である。

お万や赤児《あかご》の具合が悪いのかと案じながら、家康は中庭を横切る渡り廊下を歩いて離れの寝所に行った。

「こちらでございます」

清子が膝を折ってふすまを開けた。

お万は赤児とともに横になっているかと思ったが、白小袖に白の打掛けを着て正座をしていた。

乳臭さがむっと鼻をついたが、赤児は部屋にいなかった。

「児は、どうした」

「隣で眠っておりますが、ご対面いただく前に、聞いていただきたいことがございます」

お万は切れ長の目にただならぬ決意をみなぎらせていた。

「どうした。何があった」

家康は間近に腰を下ろして聞く姿勢を取った。

「お許し下さいませ。生まれた児は双子《ふたご》でございました」

「………」

「男子の双子だったのでございます」

お万の両目に涙がにじみ、頰《ほお》を伝って流れ落ちた。

この時代、双子を産むことは「畜生腹《ちくしょうばら》」と呼ばれて忌《い》み嫌われていた。そうした子を産んだ責任を、一身に感じているようだった。

「さようか……。双子か」

衝撃のあまり、後の言葉がつづかなかった。

「このことが公《おおやけ》になれば、殿と徳川家の名誉に関わります。それゆえ双子のうちどちらかをお選び下されませ。残った子は、わたくしが命を断ちまする」

　そうして自分も自害する。だから世間には、お万は難産で死んだと触れてほしい。お万はそう言って背後に置いていた懐剣を胸元に引き寄せた。

　武士の妻らしい覚悟の定まった振る舞いである。

　だが家康は殺される赤児のことを思い、おぞましさに鳥肌が立つのを抑えることができなかった。

「ともかく、二人に会わせてくれ」

　家康はお万の手から懐剣を取り上げた。

　お万が袖で涙をぬぐってふすまを開けた。

　夜具の中に赤児が並んで眠っている。髪は産毛《うぶげ》なので禿《は》げているように見える。

　顔はまだ赤く、額《ひたい》にも目尻にもしわが多い。鼻はひしゃげて、口ばかりが異様に大きかった。

（まるで、なまずだ）

　湖岸に二匹並んで打ち上げられたようだと、家康は冷ややかな目を向けた。

「お許し、下さいませ」

怺《こら》えきれずに泣き崩れるお万を残し、家康は外に出た。

あたりの景色までが一変して見える。どん底に突き落とされた気分で渡り廊下を歩いていると、侍女の清子が追いかけてきた。

「あの……、いかがいたしましょうか」

「追って沙汰《さた》する。ともかく、お万と子供たちをいたわってやれ」

中村家の屋敷は浜名湖《はまなこ》の入り江に面している。湖の向こうには雪をかぶった湖西の山々が連なり、北西からの冷たい風が吹き下ろしてくる。

家康は湖面を波立てて吹きつける風にしばらく吹かれ、気持ちの収まりをつけてから浜松城にもどった。

「殿、重ねてお祝い申し上げまする」

鳥居元忠《とりいもとただ》が満面の笑みを浮かべて出迎えた。

その言葉が傷ついた胸に突きささり、激しい怒りが突き上げて来た。

「馬鹿野郎、何がめでたい」

以前の家康ならそう怒鳴っていただろう。

だが気持ちをぐっと抑え、さし障《さわ》りのない返事をして部屋に入った。まるで負け戦の後である。何が悪かったのか、どこに原因があるのか、家康は打ちひしがれたままぐちぐちと考えた。

従兄妹《いとこ》同士という血の近さが災《わざわ》いしたのか、肉欲をむさぼるような交わりをした罰なのか、それとも誰かの祟《たた》りなのか……。

今さら考えても詮方《せんかた》ないと分かっていても、どこかに答えを求めなければ落ち着けない。双子を忌み嫌う当時の因習に、それほど深くとらわれていた。

数日悩んだ末に、一人はお万の実家の永見《ながみ》家で育ててもらうことにした。そのことを使者に伝えさせると、折り返し清子から返書が来た。

残った子の名前をつけてくれという。

（うむ、名前か）

家康も嫡男信康《のぶやす》も幼名は竹千代《たけちよ》である。千代とつけるのが徳川家の吉例だが、とてもそんな気分にはなれなかった。

「義々《ぎぎ》、義々とでもつけておけ」

なまずのようだった赤児の顔を思い出し、家康はそんな薄情な命名をした。

琵琶湖《びわこ》のあたりではなまずのことを義々と呼ぶ。胸びれをすり合わせてギーギーという音をたてるからだ。

それを名前としたために、生まれた子は於義伊《おぎい》とか於義丸《おぎまる》と呼ばれるようになった。

後の結城秀康《ゆうきひでやす》である。

それ以後、家康は仕事に没頭するようになった。

家庭的な不運や傷ついた自尊心を、仕事によって挽回《ばんかい》しようとしたのだろう。自ら長篠城に出かけ、大通寺《だいつうじ》に泊まり込んで城の修築の指揮を取った。

「武田は必ずこの城に攻めてくる。堀を深くし、土塁を高く積み上げよ。それが命を守る楯《たて》になる」

時には自ら鋤《すき》を取り、雑兵《ぞうひょう》たちにまじって堀を掘った。

炊《た》き出しの飯も一緒に食べた。皆と喜怒哀楽を共にし、へとへとに疲れはてると、辛《つら》いことを忘れることができるのだった。

長篠城の西に広がる設楽ヶ原《したらがはら》に出て、鷹狩《たかが》りをすることもあった。

寒狭《かんさ》川を渡って西に向かうと、五反田《ごたんだ》川、連吾《れんご》川、半場《はんば》川が並行して流れ、南の豊《とよ》川にそそいでいる。

川の間には低い山が尾根をなして連なり、山鳥の棲栖《すみか》になっている。ここに勢子《せこ》を入れて鳥を追い立てると、大小何百羽という鳥がいっせいに飛び立つ。

そこを目がけて放った鷹は、いったん空高く飛翔《ひしょう》し、狙い定めた獲物《えもの》に向かって急降下していく。

そうして相手の急所である頭を、両足ではさみ込むように強打する。すると獲物は気を失い、糸を引くように落下する。

この時の爽快感と達成感は、何物にも代えがたい。戦場で敵将の首を取ったような喜びが全身を突き抜ける。

しかも鷹狩りには、あたりの地形を体で知るという利点もある。

家康はすっかり鷹狩りに夢中になり、三日に上げず設楽ヶ原に出るようになった。時には豊川ぞいの道を下り、野田《のだ》城や吉田城まで遠乗りに出た。

武田勢が撤退した後、野田城には菅沼定盈《すがぬまさだみつ》が復帰した。

ところが武田勢は、この城が再び要害として使われないよう徹底的に破壊していた。天守や櫓は放火して焼き払い、大堀切《おおほりきり》は両側から突き崩して埋めもどしている。

定盈は復旧を急いでいたが、人手も予算も不足している。そこで家康は資金を援助し、奥平定能父子に定盈の加勢をするように命じていた。

定盈らはまず大堀切の修復から手をつけていた。

野田城は豊川の北岸にあり、南から攻撃される心配はない。しかし北側は傾斜の上がる台地で、長篠城と似た「埋《うず》み城」になっている。

そのため昨年二月、家康は信玄との決戦を前に城の北側に大堀切をめぐらして守りを固めた。

ところが信玄は甲州《こうしゅう》の金山で働く金掘《かねほ》り衆《しゅう》を使い、大堀切を崩して野田城を降伏させ、定盈や松平忠正《ただまさ》を捕虜にした。

同じ轍《てつ》をふむまいと、定盈はまず大堀切を修復し、堀の斜面に石垣を築いて掘り崩されないようにしているのだった。

土木作業を普請《ふしん》、建築を作事《さくじ》という。作事はまだ城門と四つの隅櫓《すみやぐら》を建て始めたばかりである。

以前より隅櫓をひと回り大きく作っているところにも、落とされない城を築こうという定盈の執念が感じられた。

「殿、お立ち寄りいただき、かたじけのうございます」

定盈が城門まで迎えに出た。

「大堀切を先に直すとは立派な心掛けだが、石垣を積むのは考えものではないか」

「何ゆえでございましょうか」

「土壁より石垣の方が崩しやすい。金梃《かなてこ》などで堀の内側に崩されたら、かえって厄《やっ》介《かい》だろう」

「そのようなことがないよう、牛蒡《ごぼう》積みの石垣にしております」

定盈は心配ないと言い張った。

牛蒡積みとは細長い石を横に並べて崩れにくいようにする積み方だった。

「奥平はどうした」

「櫓の作事の指揮をとっておられます。すぐに参られると存じます」

定盈の言葉通り、定能と信昌はすぐにやって来た。

二人とも猪《いのしし》の皮で作った袖なし羽織を着て、荒縄を腰に巻いている。顔を合わせるのは、昨年八月に和睦が成った時に長篠城で会って以来だった。

「殿、その折には格別のお計らいをいただき、かたじけのうござった」

定能が丁重に礼を言った。

「誓約を守ってくれて礼を言う。作手城にもやがてもどれるようになろう」

「それがしに従う者が思いのほか少なく、面目ないことでございます」

定能はわびながらも堂々と構えていた。

母親は水野忠政《ただまさ》の妹だから、彼もまた水野家の女から生まれた男子の一人である。

家康はふとそう思った。

「今は牛久保《うしくぼ》の屋敷にいると聞いたが」

「旧領を安堵《あんど》していただきましたので、屋敷を建てて住むことにいたしました。今はそこから通っております」

「信昌はどうじゃ。こちらの暮らしには慣れたか」

「酒井忠次さまのお陰で、奥山休賀斎《おくやまきゅうがさい》さまにお目にかかることができました。これから時折教えを乞いに、浜松を訪ねたいと思っております」

「そうか。休賀斎は奥平家の出であったな」

「それがしの一門、定久《さだひさ》の子でござる」

定能が横からすかさず口をはさんだ。

休賀斎の本姓は奥平という。

作手城にいた頃から剣術の腕前は傑出していたが、上泉伊勢守秀綱《かみいずみいせのかみひでつな》に弟子入りして以後は、ひと筋に新陰《しんかげ》流の修行に打ち込んできた。

そして伊勢守のもとを離れると、奥山郷（浜松市天竜区）に入って修行をつづけ、奥山明神の神託によって奥義をきわめた。

以来奥山休賀斎と名乗り、奥山神影《しんかげ》流を打ち立てたのである。

家康は姉川《あねがわ》の戦いでの休賀斎の働きに刮目《かつもく》し、浜松城に招いて剣術の指南を受けることにした。以来四年、そろそろ相伝を許されるほどの腕前になっていた。

「信昌の師は誰じゃ。休賀斎の弟子に当たる者か」

「父上でございます。休賀斎どのの教えを、それがしに伝えてくれました」

「ならば定能とは同門ということになるな」

「それがしは何度か、休賀斎から一本取り申した。殿の兄弟子ということになりましょう」

こんな風に言い放つところが、強情で知られた山家三方衆《やまがさんぽうしゅう》らしさだった。

家康は信昌と亀姫を結婚させると約束しているが、祝言《しゅうげん》の日取りは先延ばしにしたままである。そのことが気になっているが、亀姫や瀬名に話していないので、自分からは言い出せなかった。

一方定能も、山家三方衆への調略がうまく進まないので遠慮して言い出しかねていたのだった。


この微妙に気まずい空気が、家康にひとつの決断をさせた。

「これから岡崎へ行く。供をせよ」

吉田城に馬を乗りつけ、酒井忠次に命じた。

「急に、何事でございますか」

「野田城で奥平父子に会った。信昌と休賀斎を引き合わせたそうだな」

「休賀斎も奥平の一門ゆえ、いい機会だと思ったのでござる。それが何か」

忠次は話の道筋が見えずに当惑していた。

「信昌は婿になる者ゆえ、引き合わせたのは結構なことだが、まだ縁組のことを瀬名や亀姫に話しておらぬ」

「なるほど。殿も空手形《からてがた》を出しておられましたか」

「そのことが気にかかってな。話しに行くゆえ供をしてくれ」

翌朝、忠次ら二百騎ばかりとともに吉田城を出て、夕方には岡崎城に着いた。

昨日のうちに訪問を知らせる先触れを出していたので、嫡男信康《のぶやす》や平岩親吉《ひらいわちかよし》、石川数正《かずまさ》らが列をなして出迎えた。

信康は十六歳になり、肩幅も広く胸も厚く、顔付きも大人びてきている。側には妻の徳《とく》姫が従っていた。

瀬名も亀姫も夕餉《ゆうげ》の仕度をして待っていた。

瀬名は相変わらず尼僧の姿をしている。そうすることで現実と直接関わることを避けているような頑《かたく》なさだった。

亀姫は十五歳になる。父に似てあごの張った顔をしているが、女らしい体付きになり、どこに嫁に出しても恥ずかしくない娘になっていた。

家康は家族五人の夕餉に忠次と親吉を同席させた。

「今日は話しておきたいことがあって来た。ひとつは側室としたお万に、児が生まれたことだ。お前たちの弟になる」

家康は言い出しやすい方から取りかかった。

「それはおめでとうございます」

信康が言い、四人そろって頭を下げた。

「もうひとつは、亀姫の縁組を決めたことだ。作手城の奥平定能が恭順したゆえ、嫡男信昌に亀姫を嫁《と》がせることにした」

歳は二十。見所のある武将だと、家康は信昌が気に入ったので嫁がせるような話し方をした。

「奥平父子とは私も会いました。武士の強さと純朴さを持った方々だと見受けました」

親吉から話を聞いていた信康は、家康の意向に添ったことを言った。

「亀姫はどうじゃ。父が見込んだ男に嫁いでくれような」

「はい。喜んで」

亀姫は迷いなく言いきった。

「瀬名はどうだ。喜んでくれるか」

「亀姫が同意なら、わたくしも同じでございます。祝言はいつになりますか」

瀬名は母親らしく仕度のことに考えを巡らしていた。

「奥三河が落ち着いてからだ。来年か再来年になろうが、その前に婿どのを岡崎につかわすゆえ、一度会ってやってくれ」

気がかりな夕餉を首尾良く終えると、家康は信康、親吉、忠次に数正を加え、今後の武田との戦いについて打ち合わせた。

「武田が奥三河に攻め込むとすれば、信州飯田《いいだ》から三州《さんしゅう》街道を南下してくるであろう」

家康は奥三河の地図を広げて見通しを語った。

途中に治部坂《じぶざか》峠という難所があるが、平谷《ひらや》、根羽《ねば》を抜けて武節《ぶせつ》城を押さえれば、そこから足助《あすけ》、岡崎へ侵攻することも、田峯を通って長篠城に出ることもできる。

「家督を継いだばかりの勝頼に、両面作戦を取る余裕がありましょうか」

親吉が首をかしげた。

「信玄が他界したとはいえ、武田家には山県昌景《やまがたまさかげ》、秋山虎繁《あきやまとらしげ》ら多くの名将が残っておる。鍛え抜かれた軍勢も無傷のままだ。しかも北条との結束は固く、東の守りに不安はない」

「それに武節城なら、岩村《いわむら》城からも近《ちこ》うござる。秋山どのの別動隊を足助や岡崎に向かわせ、本隊が長篠や野田方面に出てくるかもしれませぬ」

忠次が家康の後押しをした。

「いいや、今の武田にそれほどの力はないものと存ずる」

石川数正が遠慮なく異をとなえた。

「ほう。何ゆえじゃ」

温厚な忠次が気色《けしき》ばんでたずねた。

「信玄公が奥三河に侵攻されたのは、足利《あしかが》将軍や浅井《あざい》、朝倉《あさくら》、本願寺《ほんがんじ》と同盟されてのことでございます。ところが勝頼どのには、そうした身方はおりませぬ」

「うむ、それはその通りじゃ」

忠次はしぶしぶ認めた。

「そのような状態で奥三河に兵を進めたなら、信州から上杉、西美濃から織田、そして長篠や岡崎から当家に攻められ、全滅するおそれがありましょう。そのような危険な賭けに出るとは思えませぬ」

「ならば、武田はどう出ると申すのじゃ」

「駿河から大井川《おおいがわ》を渡り、掛川城か高天神《たかてんじん》城を攻めるものと思います」

数正がしたり顔で絵図を指さした。

「なるほど。数正の考えにも一理ある」

家康は奥三河ばかりを気にかけていたが、駿河湾から伊勢《いせ》湾への航路を確保することも武田の悲願である。

遠江《とおとうみ》に攻め込んでくる可能性もないとは言えなかった。

翌朝、家康は二の丸の屋敷に於大の方をたずねた。

「お万の出産の折には、お心遣いをいただきありがとうございました」

「どうしました。あれから何の知らせもないので、心配していたのですよ」

於大は強い口調で非礼をとがめ、悪いことがあったのではないかとたずねた。

「おおせの通りでございます。実は……」

家康は言いよどみ、双子が生まれたのだと打ち明けた。

「それゆえお万も、母上に何と知らせていいか分からなかったのでしょう」

「まあ……、双子が」

於大は驚きに絶句し、ややあって男か女かとたずねた。

「男でございます」

「そう。それなら良かったではありませんか」

「何ゆえ、良かったと」

「畜生腹などというのは迷信です。女子《おなご》を馬鹿にするにも程があります」

「そうでしょうか」

「そうですよ。あなたも大碓命《おおうすのみこと》と小碓尊《おうすのみこと》のことは知っているでしょう」

二人は双子で、弟の小碓尊は夷狄《いてき》討伐に活躍した日本武尊《やまとたけるのみこと》なのである。

「兄の大碓命だって猿投《さなげ》神社に祀《まつ》られていますからね。きっとその子たちも、立派な働きをするようになりますよ」

「お言葉ですが、一人はお万の実家で育ててもらうことにしました」

「よもや、お万に辛く当たったのではないでしょうね」

於大が急に表情を険しくした。

「いいえ。仕来《しきた》りに従うことにしただけです」

「それならいいけど、一番辛いのはあの娘《こ》ですからね」

これから励ましの文を書くと、於大はお万のことをひときわ気にかけていた。

家康は信康や親吉らに岡崎城の守りを厳重にするように申し付け、忠次らとともにに吉田城に向かった。

今日のうちに浜松城までもどり、お万に母親の言葉を伝えてやろうと思ったが、途中で空模様がおかしくなり、赤石《あかいわ》神社を過ぎたあたりで小雨が降りだした。

しかも豊川が増水して渡れなかった。

上流でまとまった雨が降ったようで茶色くにごった川は水位が上がり、いつもより川幅を広くして流れている。

「殿、上流の玉林寺《ぎょくりんじ》の船橋はまだかかっているそうでござる」

様子を見に出ていた者が告げた。

急いで駆けつけると、川が狭《せば》まったところにかけられた船橋が、流れに押されてたわみながら持ちこたえていた。

「殿、いかがなされまするか」

忠次が渡るかどうかたずねた。

船橋に打ち寄せる濁流は時折橋板を越えているので、馬が脚を取られる危険があった。

「渡ろう。わずか三十間（約五十四メートル）ばかりの橋ではないか」

「ならばそれがしが」

忠次が宇治川《うじ》の先陣よろしく鐙《あぶみ》を蹴って真っ先に渡った。

家康らもその後につづき、全員無事に渡り終えた。

それを見届けた橋守《はしもり》たちが、船橋を固定している太綱を杭《くい》からはずした。

橋は流れに押されて向こう岸に寄っていく。そのままでは岸に激突するので、橋に立った数人が川底に竿《さお》をさし、速さを調整しながら見事に岸につけた。

洪水の時には流木などで船橋がこわれるおそれがあるので、こうして岸に寄せておく。橋守たちの熟練の技だった。

雨はいっそう激しくなり、時折雷鳴がとどろいている。思いがけない、春の嵐だった。

「殿、この先に西川城《にしかわ》がござる。城主の西郷清員《さいごうきよかず》はそれがしの妹婿ゆえ、宿を借りたらいかがでしょうか」

忠次がびしょ濡《ぬ》れになって声を張り上げた。

「それが良い。このまま急がせては、馬が脚を痛めよう」

西川城（豊橋市石巻西川町）は周囲四半里（約一キロ）ほどの小高い丘を城地とし、

空堀《からぼり》と土塁をめぐらした平山城だった。

　東三河に勢力を張る西郷氏の支城のひとつだったが、清員の代になってここを本城とし、酒井忠次に従うようになったのだった。

　騎乗のまま大手門を抜けると、清員が傘《かさ》もささずに飛び出してきた。

「殿、このような所にお出《い》でいただき、かたじけのうございます」

　一礼するなり馬の口を取り、屋敷まで案内した。

　誠実この上ない男である。家康はその人柄を見込み、忠次の妹を嫁がせるように計らったのだった。

　玄関には清員の家族や家臣たちが迎えに出ていた。

「ここで濡れた着物をお脱ぎ下されませ。奥や奥、早く火鉢をお持ちせぬか」

　清員が声を張り上げると、忠次の妹と若い娘が箱火鉢を抱えてきた。

「ささ、板張りに上がって濡れた着物を。風邪など引かれませぬように」

　家康と忠次は言われるままに板張りに上がり、羽織や裁着袴《たつけばかま》、小袖を脱ぎ捨てて褌《ふんどし》ひとつになった。

「どうぞ、お使い下さいませ」

女が手拭《てぬぐ》いをさし出した。澄んだ目をした控え目な娘である。

家康が体を手早くふき上げると、着替えの小袖を肩にかけた。侍女にしては品のいい所作だった。

「かたじけない」

家康が袖を通した瞬間、雨のすだれを切り裂いて稲妻が走り、天地も震えよと雷鳴がとどろいた。

「きゃっ」

娘は恐怖に駆られて家康の手にすがりつき、身を縮めて震えている。

「これ、お愛《あい》。無礼ではないか」

清員があわてて引き離そうとした。

「いや、構わぬ。誰しも雷は怖《こわ》いものだ」

これが家康とお愛の方(西郷の局《つぼね》)の最初の出会いだった。

家康はいっそう足しげく鷹狩りに出るようになった。

長篠城、野田城、吉田城などの視察を兼ね、豊川ぞいの野山で鷹を狩る。そうして西川城に立ち寄り、お愛の方の接待を受けるのである。

お愛は薄幸の麗人だった。

遠江の国人、戸塚忠春《とつかただはる》の娘として生まれるが、二歳の時に父が戦死し、母の実家である西郷家に引き取られた。

そして従兄《いとこ》にあたる西郷義勝《よしかつ》に嫁いで一男一女をもうけたが、義勝は三年前に竹広表《たけひろおもて》の戦いで戦死した。

わずか二十歳《はたち》で寡婦《かふ》となったお愛は、叔父《おじ》にあたる西郷清員のもとでひっそりと暮らしていたのである。

面長のおっとりとした顔立ちで、柳腰のしなやかな体付きをしている。豊かな髪が美しく、どこかお市《いち》の方に似た気高さがある。

中でも目の美しさが際立っていた。

目が不自由で近くも遠くも見えにくいと恥じらうが、そのせいで世の醜《みにく》さを見ずにすんだのかもしれない。

お愛にためらいなく真《ま》っ直《す》ぐに見つめられるたびに、家康は清らかな谷川で涼やかな風に吹かれている心地《ここち》がするのだった。

「殿、お気に召したのであれば」

お側に召されたらどうですかと、忠次が仲人役を買って出た。

そうしたなら清員がどれほど喜ぶか分からないと言う。

「いや、余計な気を回してくれるな」

「何ゆえでござる。子持ちの後家では相手になりませぬか」

「馬鹿なことを言うな」

家康は腹を立てた。

誰もがすき好んでそんな境遇になるわけではない。多くの不幸に耐えてきたからこそ労《いたわ》らねばならぬし、そうした経験から学んだ知恵は、幸せしか知らぬものの比ではない。むきになってそう言った。

「ならば何ゆえ、情けをかけてやられぬのでござる」

「切り花にするより、野においたままの方が美しい花もある」

それにお万は双子を産んだ痛手からまだ立ち直っていない。そんな時に新たな側室を持つような不人情なことをしたくなかった。

桜の時期が過ぎ、山々が新緑にいろどられた頃、掛川城の石川家成から使者が来た。

越後《えちご》の上杉謙信との交渉の状況を伝え、謙信の書状を持参したのである。

家成にあてた謙信の書状には、越後の雪もとけたので信州方面の計略にかかりたいと記されていた。

だが、武田勝頼が大坂《おおさか》本願寺と結託し、越中《えっちゅう》、越前《えちぜん》の一向一揆《いっこういっき》に背後を衝《つ》かせようとしているので、軽々に軍勢を動かすことができないという。

そして謙信は、勝頼を次のように評していた。

「四郎《しろう》（勝頼）は若輩《じゃくはい》に候といえども、信玄の掟《おきて》を守り、表裏たるべきの条、油断の儀なく候」

勝頼は若者だが、信玄の掟を守り、表裏に目配りをして少しも油断がない。だからそちらも用心するようにと伝えてきたのだが、やがてその警告が現実となった。

「去る四月二十日、勝頼は出陣の軍令を発しました」

甲斐《かい》に潜入していた服部半蔵《はっとりはんぞう》が告げた。

「総勢二万。駿河から遠江に向かうようでございます」

「狙いは高天神城か」

「申し訳ございません。そこまでは」

探ることができなかったという。

家康はさっそく家成と忠次に急使を送り、武田勢の来襲に備えるように命じた。

また高天神城に大須賀康高《おおすがやすたか》ら一千余の軍勢を送り、城主の小笠原氏助《おがさわらうじすけ》とともに武田勢に備えさせた。

五月十二日、駿河勢を加えて二万五千になった武田勢は、高天神城を包囲した。

先陣は穴山梅雪《あなやまばいせつ》と山県昌景がつとめ、勝頼の本隊は後方の小山城《こやま》（榛原《はいばら》郡吉田町）に詰めていた。

掛川城の南方に位置する高天神城は、菊《きく》川の一里ほど東にある鶴翁《かくおう》山（標高百三十二メートル）にきずいた山城である。

山頂は東西の峰に分かれ、東に本丸、西に西の丸があり、攻め寄せる敵を双方から攻撃できるようになっている。

しかも山の斜面が険しく切り立ち、遠州一の要害と評されていた。

勝頼がこの城を攻めたのは、大井川を越えて遠江に攻め込む足掛かりを得ると同時に、城のすぐ南にある浜野浦《はまのうら》という港を確保したかったからだ。

伊勢長島《いせながしま》や紀州雑賀《きしゆうさいか》の一向一揆から弾薬を購入している武田家にとって、御前崎《おまえざき》より西に寄港できる港を確保することは、死活に関わる問題だった。

この時期に勝頼が高天神城を攻めた理由が、もうひとつある。

畿内の平定をほぼ終えた織田信長《のぶなが》が、伊勢長島の一向一揆の殲滅《せんめつ》に向けて動き出していたことだ。

信長は元亀二年（一五七一）五月と、昨年、天正元年（一五七三）九月に、大軍を動かして伊勢長島に攻め込んだ。

中でも昨年九月には、浅井、朝倉を滅ぼした余勢をかり、六万余の大軍を投入したが、一揆勢の反撃にあって決定的な勝利をおさめることができなかった。

そこで信長は「今度こそ、奴《やつ》らの息の根を止めてやる」とばかりに八万の大軍を動員し、一揆勢をなで斬り（皆殺し）にすると豪語していた。

これに対して大坂本願寺も、諸国の一揆衆に檄《げき》を飛ばし、十万ちかくを伊勢長島に集めて反撃する構えを取っていた。

救援要請は信玄の頃から盟約を結んでいる武田家にも届いている。勝頼は弾薬の中継地である伊勢長島を守るためにも、この要請に応じたのだった。

家康にとって三方ヶ原の悪夢の再現である。

一万弱の手勢では、二万五千の武田勢には太刀打《たちう》ちできないので、信長に救援を求めることにした。

「そちは早駆けの名手であったな」

松平康忠を呼び、信長のもとに使いに行くように命じた。

「用件は書状にしたためてある。今度こそ轡《くつわ》を並べて戦いたいと、お伝えするのだ」

「お任せ下され。都《みやこ》にならら三日で着きまする」

康忠は従者二人と替え馬三頭を従えて十二日の昼過ぎに浜松城を発《た》ち、十五日には京都《きょうと》の信長に書状を届けた。

「家康めが、猪口才《ちよこざい》な」

轡を並べるとは十年早いと叱《しか》りつけたが、信長は三日後には都を出て岐阜《ぎふ》に向かった。

康忠はそれを見届けてから浜松城にもどってきた。

「さようか。猪口才なとおおせであったか」

家康はしめしめとほくそ笑んだ。

それは信長の屈折した愛情表現だと分かっていた。

「掛川城、久野《くの》城、見付《みつけ》城に援軍を送り、武田が高天神城に攻めかかったなら背後を衝く構えを取らせよ」

後詰《ごづ》めをして時間を稼ぐ策をとったが、信長はなかなか岐阜城から出陣しようとしなかった。

五月十九日に岐阜にもどったのなら、仕度に三日を要したとしても、二十二日かその翌日には出陣できるはずである。

ところが五月末になっても、信長が出陣したという知らせは来なかった。

その間にも高天神城の状況は悪化していた。

本丸、西の丸とも武田勢の猛攻にさらされ、堀際まで敵が迫っていた。

しかも、小笠原氏助に対して穴山梅雪から調略があり、武田との和睦交渉が進んでいるという。

「このまま援軍を送っていただけなければ、小笠原どのが敵方に降《くだ》られるのは時間の問題でございます」

城を抜け出してきた大須賀康高の使者が急を告げた。

家康は再度松平康忠を信長の許《もと》につかわしたが、ただちに援軍を送れる状況ではなかった。

「伊勢長島の一揆勢が、北伊勢や尾張《おわり》をおびやかしております。これを封じぬうちは、兵を動かせぬとおおせでございます」

「一揆勢ごときに恐れをなす信長公ではあるまい。何か他にわけがあるのではないか」

「伊勢長島には十万の一揆勢が結集しているそうでございます。鉄砲も三千挺《ちょう》ほど装備しているとのこと」

「さ、三千挺だと」

家康は絶句した。

いつぞや馬場信春《ばばのぶはる》は、雑賀の一揆勢には三千挺の鉄砲があると言ったが、それは誇張でもはったりでもなかったのである。

信長はこれに対抗するために八万余の軍勢を動かし、敵を封じ込めてから遠江に向かおうとしていたのだった。

これでは援軍は望めない。

家康は最悪の場合を想定し、大須賀康高に使者を送って状況を伝えた。

信長の援軍がなければ、高天神城を救うことはできない。小笠原氏助が武田方と和睦するなら、大須賀勢の退却を条件に承諾せよ。断腸の思いでそう告げた。

それでも高天神城は持ちこたえていた。

氏助はかつて信玄に降伏して城を明け渡したことがある。その恥をすすごうと、西の丸を攻め落とされながらも本丸に全軍を集めて抵抗をつづけていた。

信長が二万の兵をひきいて岐阜城を出陣したのは、六月十四日のことだ。

その報は翌日には浜松城にとどいた。

家康は即座に高天神城に使者を送ることにした。

「あと三日じゃ。三日持ちこたえてくれれば、わしと信長公が武田勢を追い払う」

そう伝えさせようとしたが、城は厳重に包囲されているので使者を送り込むことはできなかった。

六月十七日、信長が吉田城に着いた。

一千挺の鉄砲を装備した精鋭部隊が、明日にも浜松に向かう。酒井忠次の使者がそう告げた。

家康は鳥居元忠を呼び、鉄砲隊をひきいて一足先に高天神城の救援に向かうように命じた。

「見付城、久野城の軍勢をひきいて、武田勢の後方から鉄砲を撃ちかけよ。反撃された場合には、馬伏塚城《まむしづか》（袋井市浅名）まで下がって我らの到着を待て」

敵を攪乱《かくらん》して時間を稼ぐ作戦だが、元忠が出陣する前に大須賀康高からの使者が来た。

「高天神が自落《じらく》いたしました」

自落とは降伏して開城することである。一月《ひとつき》あまりの籠城戦《ろうじょう》に耐え抜いた小笠原氏助は、再び武田の軍門に下ったのだった。

「大須賀はどうした」

「城を出ることが許され、ただ今久野城に向かっております」

家康はただちに康忠を信長のもとにつかわしてこのことを伝え、翌朝には自ら吉田城に駆け付けた。

信長は表御殿の広間にいた。

白銀《しろがね》色の南蛮具足《なんばんぐそく》をまとい、床几《しょうぎ》に腰をおろしている。ひどく不機嫌な顔をして、苛立たしげに膝をゆすっていた。

側には嫡男の信忠《のぶただ》や、佐久間《さくま》信盛《のぶもり》、柴田《しばた》勝家《かついえ》をはじめとする織田家の重臣たちが、鎧《よろい》をまとい張り詰めた顔をして居並んでいた。

「このたびはご出陣いただき、かたじけのうございました」

家康は信長の前に出て礼をのべた。

「高天神城が落ちたそうだな」

「申し訳ございません。それがしの手勢だけでは如何《いかん》ともしがたく」

「そちのせいではない。武田の小倅《こせがれ》にしてやられたのだ」

信長は小姓に命じて伊勢長島の絵図を拡《ひろ》げさせた。

この頃の木曽《きそ》川と長良《ながら》川は墨俣《すのまた》のあたりで合流し、幅一町（約百十メートル）をこえる大河となって伊勢湾にそそいでいる。

その河口に伊勢長島はあった。

東西の幅は広いところでおよそ半里（約二キロ）、南北の長さは三里ほどの細長い中洲《なかす》に、古くから伊勢湾海運や木曽川水運に従事する者たちが住んでいた。

彼らは津島《つしま》を拠点として織田家と共存したり対立したりしながら生計を立ててきたが、大坂本願寺の教化を受けて一向一揆に加わり、信長と鋭く対立するようになる。

それ以来、信長は一向一揆を目の仇《かたき》にし、伊勢湾から追い払おうと腐心してきた。

ところが、彼らの多くは船を住み処《すか》とする水上生活者で、危うくなると四方に逃げ散り、ほとぼりが冷めるとまたもどってくる。

しかも大坂本願寺の支援を得ているので、各地の一向一揆と連絡を取り合い、大坂湾から伊勢湾にかけての海上交通を支配していた。

その一揆衆が十万人。伊勢長島に結集し、武田勝頼と連絡を取り合って信長に決戦を挑むことにしたのである。

これを知った信長は、この機会に一揆勢をまとめて葬り去ろうと、木曽川の両岸に八万の大軍を集め、海上には九鬼《くき》水軍、水野水軍などを配し、伊勢長島を完全に包囲することにした。

ところが北伊勢や尾張の沿岸部には一揆勢の協力者が少なからず住んでいて、織田勢に夜襲をかけて戦線を攪乱したのである。

「これは高天神城へ援軍を送らせぬための策略じゃ。そこで余は、油虫のごとき輩《やから》が住む村をことごとく焼き払い、三千人ばかりをなで斬りにした」

信長は手にした軍扇で村の場所を示し、これで奴らの足掛かりはすべて封じたとにやりと笑った。

神経質で病的な笑いである。ここ二年ほどの熾烈《しれつ》な戦いが、信長の心に暗い影を落としているようだった。

「その仕事に思いのほか手間取ってな。そちを助けに来るのが遅くなった。許してくれ」

驚いたことに、信長が深々と頭を下げた。

「高天神城を守れなかったのは、我らの力不足ゆえでございます」

こうして来ていただいただけで望外の幸せだと、家康は額を床にすり付けた。

「いいや。そちには詫《わ》びねばならぬ。その気持ちのほどを、伊勢長島攻めで見せてやるゆえ、楽しみに待っておくがよい」

「これからお戻りになるのでございますか」

「そうじゃ。一揆勢をつぶせば、武田は鉄砲を使えなくなる。勝頼ごときを滅ぼすのは、赤子の手をひねるようなものじゃ。これ、このようにな」

信長はぎらりと目を光らせると、手にした軍扇を真っ二つにへし折った。

「父上、三河守《みかわのかみ》どのとは初めてお目にかかります。お引き合わせいただけませぬか」

信忠が様子を気遣って口をはさんだ。

まだ二十歳だが、信長の名代として数万の軍勢を動かす力量をそなえている。文武両道にすぐれ、容姿も涼やかな青年武将だった。

「さようか。初めてであったか」

信長は暗い想念から、ふっと現実にもどったらしい。

「これが倅の信忠じゃ。見知っておいてくれ」

「徳川三河守家康でございます。ご出陣をいただき、かたじけのうございます」

「お徳は元気ですか」

信忠が岡崎に嫁いだ妹のことをたずねた。

「お陰さまで、信康と仲良くしていただいております」

「勝ち気で我がままな妹ゆえ、ご迷惑をおかけすることもあると思います。よろしくお願いいたします」

「信忠、みやげを持参していたではないか。三河守に披露せよ」

信長に命じられ、信忠が馬を庭先に引き出してきた。背中には革袋二つを振り分け荷にしていた。

「これは詫びの印じゃ。我らが帰ってから改めるがよい」

信長が全軍をひきいて吉田城を発った後、家康は酒井忠次らと革袋を開けてみた。ひとつの袋を二人がかりで表御殿に運び上げ、中を改めた。

すべて金の延べ板である。一つの袋が二十貫（七十五キロ）だとして、二つで四十貫。金四千両（約三億二千万円）である。

「こ、これは、何という」

忠次が腰を抜かさんばかりに驚いている。

これほどの現金を見た者は、徳川家には誰もいなかった。

「計ってみよ。重さを」

家康はこだわった。

いくらもらったか正確に知っていなければ、礼を言う時に具合が悪かった。

忠次の近習《きんじゅ》が分銅秤《ふんどうばかり》を持ち出し、革袋ごと吊《つ》り下げた。

「二十五貫でございます」

二つで五十貫だから五千両（約四億円）。救援に遅れた詫びとしては多すぎる額だった。

これを手放しで喜ぶほど、家康は若くはない。この贈り物が何を意味しているか、考えずにはいられなかった。

（救援するつもりは、初めからなかったということか）

三方ヶ原の戦いの時に三千の兵しか送れなかったことを、信長は申し訳なく思っている。今回は無理をして出陣したものの、伊勢長島の一向一揆との激戦を前に、兵を損じたくはない。

だからわざと出陣を遅らせ、高天神城が落ちるのを待っていたのだろう。

その詫びに金五十貫を渡すつもりだったと考えなければ、これほどの大金を持って出陣した説明がつかなかった。

帰ってから改めよと言ったのは、そうした後ろめたさがあるからにちがいない。

だとすればこちらは盛大に喜んで、信長の気まずさを払拭しなければならなかった。

「忠次、この金を経机《きょうづくえ》の上に積み、家臣、領民に披露せよ」

「どのような形に積みましょうか」

忠次は気を呑《の》まれたままだった。

「そうだな。二十五貫ずつ井桁《いげた》に組もう。高くして遠くからも見えるようにな」

経机の上に黄金の塔二つが建った。

三尺（約九十センチ）ばかりの高さになり、まぶしい輝きを放っているが、背景がいまひとつ物足りない。

「仏堂に大黒《だいこく》さんがあったな。あれを後ろに据えてみよ」

忠次の近習が黒塗りの大黒天の座像を運んできた。人間くらいの大きさで、黄金の塔とちょうど釣り合いが取れていた。

脇《わき》に信長から拝領した旨《むね》を記した札を立て、家臣、領民に見物させた。

何しろ見たこともない黄金である。拝観すると金運がつくという評判まで広がり、吉田城には連日数千人の見物客が集まった。

家康はその中から見所のある若者を選び出し、扶持《ふち》をはずんで徳川家に仕えるように仕向けたのだった。

六月二十一日に岐阜城にもどった信長は、伊勢長島攻めにかかったが、そのやり方は過酷で容赦のないものだった。

この頃から信長は明らかに変わっていく。

頭脳の明晰《めいせき》さや的確な判断力、苛烈《かれつ》な行動力は以前のままだが、その裂け目から狂気とも狂憤ともつかぬものが顔をのぞかせるようになる。

太田牛一《おおたぎゆういち》が「お狂いあり」と記した狂態を演じるようになるし、意に添わぬ者に対する処罰が厳格をきわめるようになる。

信長は朝廷、寺社、守護《しゆご》大名ら、守旧派との苛烈な戦いを経験し、いつ滅ぼされるか分からないという危機感をつのらせたのだろう。

あるいは四十一歳になり、これまでの疲れが一気に噴《ふ》き出したのか、余命の短さを知って焦《あせ》り始めたのかもしれない。

ともあれ、そうした変化がもっとも酷《むご》い形で現れたのが、伊勢長島での一向一揆の討伐戦だった。

信長は七月十三日にふるさと津島に布陣し、一揆攻めに取りかかった。

木曽川の両岸と伊勢湾から船を乗り付け、一揆勢が立て籠《こ》もる城に大砲を撃ちかけて塀や櫓を打ち崩し、長島、屋長島《やながしま》、中江《なかえ》の城に敵を追い詰めた。

そうして三ヶ月にわたる兵糧《ひょうろう》攻めで一揆衆の多くは餓死し、悲劇の九月二十九日を迎えた。

この日の状況については、太田牛一の『信長公記《しんちょうこうき》』の記述が詳細をきわめているので、意訳して紹介させていただきたい。

「九月二十九日、一揆衆は信長公に詫びを申し入れ、長島城を明け渡して退去することになりました。多くの舟に分乗して引き上げようとした時、信長公は筒先をそろえて鉄砲を撃ちかけ、ふいに襲いかかって際限もなく川に切り捨てられました。

一揆衆の中でも心得のある者は裸になって川にもぐり、七、八百人が抜刀して織田の陣中に切りかかり切り崩し、信長公のご一門をはじめ重臣たちの数多くが討死《うちじに》しました。一揆衆は守備の手薄なところに攻めかかり、織田勢が出陣して留守にしている陣小屋に乱入し、鎧や刀などを好きなように分捕って、その後に川を渡って多芸山《たぎ》、北伊勢口に散り散りに逃走し、大坂本願寺に逃げ入りました。

中江城、屋長島城には一揆衆の男女二万人ばかりが逃げ込んでいましたが、信長公は城のまわりに何重にも柵をめぐらし、一歩も外に出られないようにしておられました。その城に四方から火を付けて焼き殺すようにお命じになり、存分の成果を上げて、九月二十九日のうちに岐阜城に帰陣なされました」

この戦いで織田方の何人が犠牲になったか、詳しいことは分からない。だが信長の長兄信広《のぶひろ》をはじめ、一門衆が六人も討死しているので、本陣が切り崩される甚大《じんだい》な被害をこうむったことが分かる。

一方、一揆衆は三ヶ月にわたる兵糧攻めで多数が餓死した上に、降伏を許されて舟で退去しようとしたところをだまし討ちにされた。その上二万人が焼き殺されたのだから、死者は五万人ちかくにのぼったと思われる。

戦国史上最大の戦死者であり、想像を絶する大量虐殺だった。

報告を受けた家康は、鉛色の空が頭上にのしかかってくるような陰鬱《いんうつ》な気分になった。

一向一揆に対する信長の苛立ちや怒りはよく分かる。自由に移動しながら暮らしている者たちだから、退去を許したなら再び牙《きば》をむいてくると考えたのも無理からぬことである。

だがこんな無惨なことまでして作り上げた天下に、いったいどんな意味があるだろう。そんな疑問が胸の底からあぶくのようにわき上がり、信長へのあこがれと信頼がゆらぐのを抑えることができなかった。

天正三年（一五七五）の正月、家康は重臣たちと新年を祝った後、奥平定能、信昌父子を別室に招いた。

「今日はその方らに頼みがある」

家康は長篠城の詳細な図面を定能に渡した。

「武田は作手城と田峯城に、出兵の仕度を命じたそうだ。春の雪解けを待って、この方面から攻め込んでくるだろう」

甲斐に潜入している服部半蔵が知らせてきたことである。武田が長篠城を最初の標的にするのは明らかだった。

「そこでその方らに二千の兵をさずけるゆえ、城将として指揮をとってもらいたい」

「有り難《あがた》きおおせ、かたじけのうござる」

定能が城の図面にじっくりと見入った。

家康が陣頭に立って改修を進めた結果、堀は深く広くなり、土塁も二丈（約六メートル）をこえる高さになっていた。

「我らの手勢千五百のうち、一千を入城させていただきます。されど大将には倅信昌を任じてほしい。定能はそう言った。

「その方はどうする」

「残りの兵とともに、野田城に配していただきとう存じます」

長篠城が攻められたなら、野田城との連携が死活的に重要になる。そこで菅沼定盈と協力して、長篠城の支援に当たりたいという。

それに同じ城に全軍を入れては、攻め落とされた時に血筋が絶えてしまうと案じていたのだった。

「信昌、そちも承知か」

「お許しいただけるなら、身命を賭《と》して働きます」

信昌は迷いなく言いきった。

「ならば頼む。二月末までには入城できるように仕度をととのえておけ」

「有り難き幸せにございます」

「今日は岡崎から亀姫を呼んでおる。会ってやってくれ」

家康の言葉を待って、緋《ひ》色の打掛けをまとった亀姫が入ってきた。おしろいをして紅をさしたあでやかな姿だった。

「これから忙しくなる。その前に和議の誓約をはたしておかねばならぬと思ってな」

二人の侍女が酒と盃《さかずき》を載せた三方を運んで来た。夫婦《めおと》の盃を交わし、仮の祝言を上げることにしたのである。

「お心遣い、骨身にしみて有り難うござる」

定能が深々と頭を下げ、信昌がそれにならった。

仲人役は酒井忠次がつとめ、神棚の前で三々九度の盃事がおこなわれた。

簡単な仮祝言だが、これで二人は夫婦になり、信昌は家康の息子になったのである。

「長篠城を守れるかどうかに、当家の命運がかかっておる。倅よ、頼んだぞ」

家康も信昌と親子の盃を交わした。

翌日、井伊谷《いいのや》城の井伊直虎《いいなおとら》を招いた。

直虎は女ながら大紋《だいもん》に烏帽子《えぼし》という正装をして、腰に脇差《わきざし》をたばさんでいる。男まさりの堂々たる姿だった。

「もうじき武田が攻め込んでくる。三年前と同じように、そちの所領がおびやかされるだろう」

「わたくし共はどうすればいいのでしょうか」

「長篠城で敵を喰《く》い止め、大野《おおの》川を渡らせぬようにすることだ。そのために娘婿の奥平信昌を入れ、城を死守させることにした。井伊家の手勢も、長篠城に入って倅を助けてもらいたい」

「承知いたしました。一千の将兵をひきいて、わたくしも入城いたしましょう」

「いや、それには及ばぬ」

そなたは女子ではないかという言葉を、家康はかろうじて呑み込んだ。

「籠城が長引けば風呂にも入れず、城内は糞尿《ふんにょう》まみれになる。そのような場所に、そなたをやりとうはない」

「ご配慮、かたじけのうございます」

「ただし将兵は入れてもらわねばならぬ。井伊家には他国にまで聞こえた勇猛な三人衆がいる。その者たちに指揮をとってもらいたい」

井伊谷三人衆と呼ばれた近藤康用《こんどうやすもち》、菅沼忠久《すがぬまただひさ》、鈴木《すずき》重時《しげとき》のことだ。このうち重時は他界し、重好《しげよし》が家を継いでいた。

「それでは長篠の近くに所領を持つ近藤と鈴木をつかわしましょう。ついてはひとつお願いがございます」

「申すがよい」

「当家は徳川さまにお仕えしているとは申せ、国衆《くにしゅう》の一人に過ぎませぬ。これでは長篠城に入る者の腹がすわりませぬゆえ、当家の当主である虎松《とらまつ》を、直臣《じきしん》の列に加えていただきとうございます」

そうすれば将兵たちも死に物狂いで徳川家のために戦うというのである。

奥平といい井伊といい、命懸けの役目をはたす代償に少しでもいい立場を得ようとしているのだった。

第四章

長篠の戦い

二月十二日になって、酒井忠次《さかいただつぐ》がふいに訪ねてきた。

「殿、内々にお話し申し上げたいことがございます」

「さようか。ならば茶でも点《た》てようか」

家康《いえやす》は富士見櫓《ふじみやぐら》の茶室に案内した。

遠くに見える山々はすでに芽吹き始めている。新芽が山肌をほんのり薄桃色に染めるので、山笑うと形容される景色である。

その尾根の向こうに、雪をかぶった富士山《ふじさん》が小さく見えた。

「殿の茶も味わい深くなって参りましたな」

忠次は一服して刮目《かつもく》したが、自分ではよく分からない。何やら皮肉を言われているような気がした。

「さようか。そちの舌が鈍くなったのではあるまいな」

「とんでもない。この左衛門尉《さえもんのじょう》、味覚とエビすくいだけには自信があります」

「それで、話とは」

「公方《くぼう》さまご側近の一色藤長《いっしきふじなが》どのから使者が参りました。ご返答をいただきたいとのことでござる」

忠次が藤長の書状を差し出した。

昨年三月、将軍義昭《よしあき》の使いとして奉公衆の一色藤長が訪ねてきた。河内《かわち》の若江《わかえ》城を逃れた後、紀州《きしゅう》の寺に身を寄せて打倒信長《のぶなが》をめざしていた義昭は、家康のもとに藤長をつかわし、武田《たけだ》と和解し信長包囲網に加わるように求めてきたのである。

家康にあてた義昭の書状には、信長と対立して都《みやこ》を引き退《の》いたことが記され、「しからばこの節、甲州《こうしゅう》と和談し、天下静謐《せいひつ》のために馳走《ちそう》（尽力）するよう頼み入る」とあった。

家康は信長と同盟しているのだから、求めに応じられるはずがない。義昭はそれを知りながら両者の離間をはかろうとしたのである。

これを拒絶することはたやすいし、そうするべきだったかもしれない。ところが家康は明確に拒否しないまま、考えておくと言って返答を先延ばしにした。

そこで藤長は改めて使者をつかわし、返答を求めてきた。

しかも近々浜松《はままつ》を訪ね、家康と会いたいというのである。

「何とも、押しの強いことだな」

「それゆえ、きっぱりお断りなされよと申し上げたのでござる」

「そうしなかったのは、考えがあってのことだ。こうして使者をよこしてくれれば、敵の手の内を知ることもできる」

「このことが信長公に知れたらどうなされる。首がいくつあっても足りませぬぞ」

「分かっておる。だが、わしにはわしのやり方がある」

家康は強情に言い張って茶を飲んだ。

確かに少しまろやかさが増したようだった。

「敵の手の内を知るとおおせられるが、敵にもこちらの手の内を知られており申す。藤長どのが、誰を使者につかわしたとお思いか」

「会《お》うてもおらぬ。分かるはずがあるまい」

「本多弥八郎《ほんだやはちろう》でござる」

忠次はどうだと言わんばかりだった。

弥八郎正信《まさのぶ》は鷹匠《たかじょう》として松平《まつだいら》家に仕えていた。

家康より四つ年上で、鷹匠としての腕ばかりでなく、武辺者《ぶへんしゃ》としても秀《ひい》でている。

何より頭の良さが飛び抜けていた。

ところが永禄《えいろく》六年（一五六三）に三河《みかわ》で一向一揆《いっこういっき》が起こった時、弥八郎は家康の説得をふり切って一揆側についた。

「たとえ殿のためとて、御仏を裏切るわけには参りませぬ」

決然と言い放って一揆勢の参謀となり、さんざん家康を苦しめた揚げ句、国外に逃亡した。

その弥八郎が藤長の使者として来たということは、今でも一向一揆の中で重きをなしているということだ。

だから大坂本願寺《おおさかほんがんじ》と同盟している義昭のために、使者を務めたにちがいなかった。

「元気か。弥八郎は」

「相変わらず人を喰《く》った奴《やつ》でござる。伊勢長島《いせながしま》では、もうひと息で信長公の首が取れたとうそぶいており申した」

「弥八郎もあの場にいたのか」

「長島城で指揮をとっていたそうでござる。ところが勝ち目がなくなったために、和談をまとめて退去しようとしたところ、織田《おだ》の裏切りによって配下の者たちが次々に討ち取られた。そこで裸になって川にもぐり、信長公のご本陣に斬り込んだそうでござる」

「さようか。それでも生きていたか」

弥八郎がそう言うなら、すべて本当にちがいない。家康はそう思い、少し胸が晴れる気がした。

「しかしそれなら、なぜ弥八郎はここに来ぬのだ」

「殿のためだと申しておりまする」

「ほう、なぜじゃ」

「信長公に斬り付ける時に素性を名乗ったゆえ、自分と会ったことが知れれば殿のお立場に関わるそうな」

「それはちと、吹きすぎかもしれぬな」

それを大真面目《おおまじめ》に怒っているところが、いかにも忠次らしかった。

「藤長どのが弥八郎をつかわされたのは、大坂本願寺に手を回して見つけ出されたのでござろう。三河の一向一揆にも、つながりをつけておられるかもしれませぬぞ。現に弥八郎は、岡崎《おかざき》で石川数正《いしかわかずまさ》に会ってきたと申しておりました」

「分かった。用心せぬとな」

「して、返答はいかがなされる」

「少し考える。そちは先に本丸御殿にもどってくれ」

家康は富士山を遠くにのぞみながら、どう返答しようかと思い巡らした。

忠次が言う通り、これ以上足利《あしかが》義昭に接近したなら、信長の逆鱗《げきりん》に触れるおそれがある。

しかし、信長を恐れてひたすら身を縮めているのも業腹《ごうはら》だった。

処世か意地か、思い悩んだ末に家康が記した一色藤長あての二月十二日付の書状が、『榊原《さかきばら》家所蔵文書《もんじょ》』に収録されている。

石橋を叩《たた》いて渡ると評される家康の人物像を一変させる内容なので、分かりやすく読み下して紹介させていただきたい。

「内々お床敷《ゆかしき》のところ、酒井左衛門尉（忠次）、石川伯耆守《ほうきのかみ》（数正）かたへの音簡（書状）披見をとげ候。しからば何事もなくその国にご在滞のよし候。万々察せられ候。かねてまた、ふところの方へお越えあるべきのよし候。何篇無沙汰《ぶさた》あるべからざる候間、必ず待ち入り候。なお両人具《つぶさ》に申すべく候間、懇筆にあたわず候。恐々謹言」

この中で特に重要なのが、「この方（浜松）へ来るということだが、決して無沙汰にはしないで、必ず待ち受けている」という一文である。

これが信長の目に触れ、足利義昭と内通していると疑われたなら、申し開きはできないのである。

「殿、お気は確かでござるか」

下書きを見た忠次は血相を変えた。

「この通り、いたって正気だ」

「敵がこの書状を信長公のもとに持ち込んだなら、何となされる」

「よく読むがよい。公方さまに身方《みかた》するとはどこにも書いておらぬ」

「しかし、しかしでござる」

忠次がにじり寄り、懇切《こんせつ》な書状を送ったこと自体が謀叛《むほん》と見なされると言いつのった。

「もし藤長どのがわしと信長公を離間させようとしておられるなら、昨年わしと対面したことも弥八郎を使者に送ったことも、信長公の耳に届くようにしておられよう。これくらいのことを書いてなびくように見せかければ、かえってこちらを大切に思って手出しを控えられるかもしれぬ」

「端武者《はむしや》の鞘当《さやあ》てではござらぬ。家臣、領民の暮らしがかかっているのでござるぞ」

「ならば書状の写しを作り、このような返書をしたと信長公にお知らせするがよい。藤長どのが浜松に来られたなら、身方に引き込むつもりだと伝えるのだ」

家康は引かなかった。

信長に唯々諾々《いいだくだく》と従っているわけではない。自分なりの考えがあると示さずにはいられなかったのは、伊勢長島の大量虐殺以来、信長に対していわく言い難い感情を持っているせいだった。


二月十五日、家康は鷹狩《たかが》りと称して長篠《ながしの》城へ向かった。

都田《みやこだ》川をこえて井伊谷《いいのや》に入ると、直虎《なおとら》が虎松《とらまつ》を従えて待ち受けていた。主従五騎、足軽二十人で鷹狩りに同行する仕度をしていた。

「井伊家十七代、虎松でございます。十五歳になりまする」

直虎が鎧《よろい》姿の虎松を前に押し出した。

涼やかな顔立ちをした少年である。体の大きさは人並みだが、武道の鍛練を積んでいることは体付きを見れば分かる。

「虎松か。早駆けはできような」

「長篠から浜松まで、一刻（約二時間）で駆けまする」

「試したか」

「ご用にそなえて三度駆けました」

武田が長篠城に攻めかかったなら、いつでも使い番を務めるということである。

少年ながら天《あ》っ晴《ぱ》れな心掛けだった。

「ならば今から馬廻《うままわ》りに控えよ。扶持《ふち》は三百石。名は万千代《まんちよ》と名乗るがよい」

家康は虎松の器量に惚《ほ》れ込み、破格の待遇をした。

「あの、我らは」

供をしなくてもいいかと直虎が申し出た。

「帰りに茶を所望したい。仕度をして待っておれ」

家康は将来有望な家臣を得て、意気揚々と鳳来寺《ほうらいじ》道を北に向かった。

二月二十八日、家康は奥平信昌《おくだいらのぶまさ》を大将とする一千余を長篠城に入れた。

武田勢の来襲に備え、鉄砲五百挺《ちょう》を配備し、弾薬も充分に持参させた。兵糧《ひょうろう》も三千の兵が半年間籠城《ろうじょう》できる量を入れてある。

井伊谷三人衆の近藤《こんどう》や鈴木《すずき》、長篠周辺の国衆にも、下知《げじ》があり次第入城するように申し付けた。

それから一月後《ひとつき》、三月末になって服部半蔵《はっとりはんぞう》の配下が急を知らせた。

「武田勢の先陣一万が、四月一日に出陣いたします」

「勝頼《かつより》はどうした」

「四月十二日の三回忌の法要を終えて出陣とのこと」

信玄《しんげん》が信州駒場《しんしゅうこまば》で他界したのが一昨年の四月十二日である。

勝頼は三回忌の法要を盛大におこない、信玄が遺言した三年の喪《も》が明けたことを示して、本格的な軍事行動に出るつもりだという。

(小倅《こせがれ》が。来るなら来い)

家康は岡崎城の信康《のぶやす》や都にいる信長にも武田出陣の報を伝え、長篠城、野田《のだ》城の将兵には守りを厳重にするように命じた。

武田勢はおよそ三万。これに対して浜松城には六千余の兵しかいない。

三河や遠江《とおとうみ》から集められる兵はせいぜい五千。これではとても太刀打《たちう》ちできないので、信長の援軍に頼らざるを得なかった。

「敵を長篠城に誘い出し、後詰《ごづ》め決戦によって全滅させる策がある。そのために二万余の援軍を願いたい」

そう伝えよと松平康忠《やすただ》に命じた。

「どうやって全滅させるかと、問われると存じますが」

「当家の命運をかけた策じゃ。外聞をはばかるゆえ、お目にかかった時に申し上げると伝えよ」

信長が聞いたら激怒するかもしれない。だが十中八九、「家康めが、猪口才《ちょこざい》な」とばかりに出陣してくると見込んでいた。

三方ヶ原《みかたがはら》の戦いで死線をこえたせいか、信玄と対峙《たいじ》した時のようなすくみ上がる恐怖感はない。決戦にそなえて淡々と仕度を進めていると、岡崎城の平岩親吉《ひらいわちかよし》から急使が来た。

「大賀弥四郎《おおがやしろう》らの謀叛が発覚、武田に内通していた模様。ご来城を乞う」

短くそう記されていた。

「こ、これは……」

どうしたことだとたずねたが、使者は何も知らされていなかった。

「分かった。これより岡崎に参る」

家康は鳥居元忠《とりいもとただ》ら五百騎を従え、鷹狩りと称して浜松城を出た。

大賀弥四郎は家康に仕える中間《ちゅうげん》だったが、算術の才に長《た》けていたので、会計の役に抜擢《ばってき》した。

年貢《ねんぐ》や諸費用などの管理をさせると、実に器用にやり遂げる。

そのために数年の間に立身し、今では岡崎城の信康に仕え、奥三河二十数ヵ村の代官をつとめるまでになっていた。

それなのになぜ、武田に内通して謀叛を企《くわだ》てるのか。家康には想像すらつかないことである。まさに寝耳に水の知らせだった。

岡崎城では親吉と石川数正が待ち受けていた。

「話を聞こう」

家康は席につくなり本題に入った。

「弥四郎は小谷甚左衛門《こたにじんざえもん》、倉知平左衛門《くらちへいざえもん》、山田八蔵《やまだはちぞう》と語らい、武田勢との戦《いくさ》になったら、岡崎城を乗っ取って手引きしようと企てておりました。ところが山田が密告したために、事が露見したのでございます」

親吉が心労にやつれた顔でいきさつを語った。

山田は武田にあてた弥四郎の密書まで持っていた。そこで弥四郎を捕らえて真偽を質《ただ》したが、固く口を閉ざして語ろうとしない。

小谷はいち早く行方をくらまし、倉知は抵抗したので討ち取ったという。

「しかし三人とも百石程度の侍であろう。配下は七、八人しか持っておるまい」

「ところが弥四郎は、作手《つくで》城の奥平とつながっていたようでございます」

「奥平道紋《どうもん》か」

「さよう。あのお方が弥四郎を調略されたようでござる」

奥平定能《さだよし》の父道紋（定勝《さだかつ》）は、武田方として作手城を守っている。

奥三河の代官だった弥四郎とは顔を合わせることも多く、調略によって身方に誘い入れたのである。

「すると武田は、作手から岡崎城を攻めるつもりだったのか」

「殿、それればかりではござらぬぞ」

数正が横から身を乗り出し、この企てには一向一揆の輩《やから》も加担していると言った。

「弥四郎らが城を乗っ取ったなら、一揆勢がなだれ込んで要所を押さえる計略でござる」

「数正、そちは本多弥八郎と会ったそうだな」

「さよう。一色藤長どのの使者として参られました」

「何の用でそちに会う。一向一揆について、何か申しておったか」

「何も申しておりません。殿に取り次いでもらいたいと頼みに来たのでござる」

「わしへの取り次ぎなら、忠次がしたではないか」

「それがしが申したのでござる。酒井どのにお願いするように」

おかしい。そんなことは弥八郎は百も承知しているはずである。それなのになぜわざわざ数正を訪ねたのか……。

家康は腑《ふ》に落ちないまま大賀弥四郎に会うことにした。

二の丸の牢に入れられた弥四郎は両手を縛られたまま、死人のようにあお向けに横たわっていた。

血まみれになった顔は腫《は》れあがり、目だけをギラギラさせていた。

「ひどく責められたようだな」

家康は声をかけたが返答はなかった。

「中間だったそちを、わしが今の地位まで引き上げた。何が不満で武田に通じたのじゃ」

「………」

「誰にそそのかされ、どうやって岡崎城を乗っ取るつもりだった。ありのままに話せば、命だけは助けてやる」

弥四郎は無言のまま、首だけ動かしてあざけるような目を向けた。そうしていられるのも今のうちだと言わんばかりである。

その不敵な自信が家康を不安にした。

将軍義昭と武田勝頼が手を組み、思いもよらない謀略を仕掛けているのではないか。一向一揆ばかりでなく、徳川《とくがわ》家中にも手を回しているとしたら……。

足元が崩れ去るような動揺に襲われ、弥四郎の口を割らせずにはいられなくなった。

「どんな手を使っても構わぬ。必ず白状させよ」

厳命を受けた親吉がとったのは、鋸引《のこぎりび》きの刑だった。

弥四郎を通りの真ん中に首まで埋め、通る者に竹鋸を引かせて首を切る残酷きわまりないやり方である。

しかも弥四郎の妻と老母、三人の子供を磔柱《はりつけばしら》にかけ、

「白状せねば家族を一人ずつ処刑し、その後に鋸を引かせる。助けてやりたければ白状せよ」

そう迫ったが、弥四郎は口を割らなかった。

老母が殺され妻が殺され、三人の子供たちが上から順番に串刺しにされても、血の涙を流しながら白状しようとはしなかった。

竹鋸を引かれ、皮膚が破れ肉が裂け、血管から血が噴《ふ》き出しても、不敵な笑みを浮かべたまま、うめき声ひとつ上げずに死んでいった。

その毅然《きぜん》たる態度と強靭《きようじん》な精神力が、家康をいっそう不安にした。

いったいどんな信念があれば、こんな仕打ちに耐えられるのか。その信念をかけて武田に内通したとはどういうことなのか。

それが分からないだけに、不安と恐れがいっそう大きくなった。

「何か思い当たることはないか」

平岩親吉や石川数正にたずねたが、腑に落ちる答えは得られなかった。

「本多弥八郎が、何か仕組んだのかもしれません」

数正はそう言ったが、何を仕組んだのか皆目分からなかった。

（よもや、あの返書を……）

一色藤長にあてた書状を、弥八郎が悪用して分裂工作を仕掛けたのではないか。

家康の胸の底にはそんな懸念《けねん》が渦巻いている。

軽はずみだったという反省もあるが、二人に打ち明けることは自尊心が許さなかった。


四月十五日、奥三河の足助《あすけ》城が攻め落とされた。

勝頼の本隊と合流して二万余になった武田勢は、ひと息に足助城を攻め落とし、岡崎城まで六里（約二十四キロ）の地点まで迫った。

おそらく勝頼は岡崎城まで攻め下り、大賀弥四郎らの内応に乗じて一気に城を攻め落とすつもりだったのだろう。これに一向一揆が呼応したなら、三河の大半を奪われたかもしれない。

ところが事前に内応が発覚したために、山県昌景《やまがたまさかげ》がひきいる先陣部隊は矛先を転じて豊《とよ》川ぞいの道を下り、四月二十九日に牛久保《うしくぼ》城、二連木《にれんぎ》城を攻め落とした。

勝頼がひきいる本隊は、田峯《だみね》城をへて南へ進み、長篠城の北方四半里（約一キロ）に位置する医王寺《いおうじ》山を本陣としたのだった。

家康はこうした事態にそなえ、三千の兵をひきいて吉田《よしだ》城に詰めていた。酒井忠次の兵と合わせれば六千にのぼるが、山県勢と決戦を挑もうとはしなかった。

「武田とは長篠で雌雄を決する。それまで兵を損じてはならぬ」

配下の将兵にそう命じている。牛久保城や二連木城がさしたる抵抗もせずに城を明け渡したのはそのためだった。

西川《にしかわ》城の西郷清員《さいごうきよかず》も一族郎党をひきいて吉田城に避難している。

家康が憎からず思っているお愛《あい》の方（西郷の局《つぼね》）も、清員の妻や侍女たちとともに二の丸御殿に入っていた。

五月六日、山県勢は吉田城に攻め寄せてきた。

赤備えで名を知られた一万余が大手門から攻めかかり、さんざん挑発して外に誘い出そうとするが、徳川勢は門をぴたりと閉ざして鉄砲や弓であしらった。

中には山県勢の猛将に挑まれて馬を出し、全軍注視の中で槍《やり》を合わせる猛者《もさ》もいたが、家康は血気にはやった勝手な出撃を厳しく禁じた。

「後の先を取るということがある。今は好きに打ち込ませておけ」

敵に先に打ち込ませ、相手の動きを見切った上で急所を打ち返すことを、新陰流《しんかげ》では後の先を取ると言う。

家康はその計略を立て、決定的な一撃を狙っていた。

計略の要《かなめ》となるのは長篠城である。この城に武田勢を引きつけている間に、徳川、織田の連合軍が後詰めに出て決戦を挑む。

それを実現できるかどうかは、長篠城が武田の猛攻をもちこたえることと、信長が援軍を出してくれるかどうかにかかっていた。

「申し上げます。去る三日より敵は大通寺《だいつうじ》に本陣を移し、長篠城に攻めかかっております」

服部半蔵の配下が告げた。

その数はおよそ七千。すでに鳶ヶ巣《とびがす》山の砦《とりで》は敵の手に落ちたという。

「勝頼は本陣を移したか」

「まだ医王寺山から動かぬようでございます」

つまり一気に長篠城を攻め落とすつもりはないということだ。

三方ヶ原の戦いの前に、武田信玄は二俣《ふたまた》城を包囲し、家康が後詰めに出て来るのを待っていた。

勝頼も長篠城を囲み、同じ作戦を取ろうとしているのだから、山県勢は日ならずして長篠城包囲の戦線にもどっていく。

（山県昌景にもう少し知恵があれば、敗走するふりをして我らを設楽ヶ原におびき出すことができただろうに）

家康にはそうほくそ笑む余裕さえあった。

案の定、山県勢は五月十日に撤退を始めた。火縄をつけた鉄砲隊を殿軍《しんがり》にし、追撃されても応戦できるようにした見事な退却ぶりだった。

「殿、追撃なされませぬか」

忠次が悔《くや》しさに足踏みしながらたずねた。

「申したではないか。今は将兵を損じてはならぬ」

「しかし、このまま何もしなければ、我らは腰抜けとあざ笑われまするぞ」

「それで良い。武田の強さにすくみ上がって何もできぬと、勝頼に思わせるのじゃ」

武田勢も家康が逃げてばかりいることに業を煮やしたのだろう。

引き上げる途中に橋尾《はしお》用水（松原《まつばら》用水）を破壊し、豊川平野の水田に水が供給できないようにした。

また野田城の脇《わき》を通る時には、菅沼定盈《すがぬまさだみつ》が苦心して築いた大堀切《おおほりきり》の石垣をやすやすと崩し、城に向かって放尿していった。

「徳川に男はおらぬようじゃ。我らの魔羅《まら》でも拝んで手本とせよ」

堀切の際《きわ》にずらりと並び、小便をしながら勝鬨《かちどき》を上げた。中には尻を向け、大便までした不届き者がいたほどだった。

その日の午後、岐阜《ぎふ》城へ行っていた松平康忠がもどった。

「信長公は五月十三日の早朝に、岐阜を出陣なされます。総勢三万でござる」

「まことか」

「佐久間《さくま》どのから直《じか》に聞きました。間違いございませぬ」

佐久間信盛《のぶもり》は家康の取り次ぎ役をつとめていた。

「ただし、ひとつ条件があると、信長公はおおせでございます」

（そら来た）

家康は内心身構えた。

「殿のお言葉通りに武田を全滅させることができなければ、出陣した将兵の恩賞に三河をもらうとのことでございます」

三河一国とは法外な要求である。だが信長がそう言ったのなら、戦の指揮はすべて任せるということだった。

「承知した。岡崎城でお待ち申し上げると復命せよ。それから」

西三河衆をひきいる石川数正に、出陣の仕度をしておくように命じた。

軍勢は三千。皆に尺木《しゃくぎ》一本を持たせよと伝えさせた。

尺木とは、胴まわり一尺（約三十センチ）、長さ八尺ほどの丸太で、陣地のまわりに柵を結《ゆ》う時に用いるものだった。

「元忠、そちはこれから二千の兵をひきいて浜松にもどり、一人二本の尺木を持参させよ」

「それほど多くの尺木を、何に使われるのでござる」

「柵に決まっておる。敵は武田じゃ。守りは手厚くしておくに越したことはない」

次に服部半蔵を呼び、酒井忠次を同席させて設楽ヶ原での戦術を語った。

「計略はこうだ」

家康は自分で描いた作戦図を広げた。

長篠城の南で寒狭川《かんさ》と大野川《おおの》が合流し、豊川となって西へ流れている。その北側から数本の川が豊川に流れ込み、川の間には小高い尾根が走っている。

「我らはこの高松山《たかまつ》を本陣とし、弾正山《だんじょう》の北側を織田どのの先鋒隊に守ってもらう」

家康は連吾川《れんご》ぞいにつらなる尾根の二ヵ所を指した。

「我らは六千、織田どのの先鋒隊は三千から四千。信長公のご本陣は尾根ひとつ隔てた極楽寺《ごくらくじ》跡にしていただく」

高松山と極楽寺跡の間には、茶臼山《ちゃうす》、松尾山《まつお》とつづく尾根が横たわっている。距離は半里（約二キロ）ほどあり、武田勢からはまったく見えなかった。

「我らは一万余と見せかけるわけでござるか」

忠次が絵図をのぞき込んだ。

近頃は近眼になって、遠くのものが見えにくいのである。

「そうだ。そうすれば勝頼はしめたとばかりに陣を進め、後詰め決戦を挑もうとするだろう」

「我らは八千の軍勢を出せまする。残りの二千は、どこに」

「そちがひきいて鳶ヶ巣山の砦を攻め落とすのだ。そのまま長篠城の東に回り込み、手薄になった敵を追い払い、武田の退路を断ってくれ」

そうして陣を進めた武田の本隊を、前後から挟み撃ちにする計略だった。

「勝頼は寒狭川が越えがたいことを知っている。それゆえこの窮地を脱するには、前方の敵を粉砕するしかないと見て突撃してくるだろう。それを防ぐために、陣地に頑丈な柵をめぐらしておく」

その柵を楯《たて》にして鉄砲や弓で攻撃すれば、圧倒的に有利に戦えるのだった。

「三方ヶ原で敵にやられた策でござるな」

忠次が感嘆しながら絵図にますます顔を近付けた。

家康は三方ヶ原で信玄のおとり作戦に引っかかり、先回りした別動隊に待ち伏せされた。その間に信玄の本隊も悠然と反転し、巨大な壁になって襲いかかってきたのである。

「信玄には野戦の恐ろしさを骨の髄《ずい》まで叩き込まれた。そのお礼をしてやるのだ」

「すると我らの役目は、敵の目をあざむくことでしょうか」

半蔵は家康の意図を的確につかんでいた。

「その通り。三方ヶ原では、我らの目と耳は武田の山筒衆《やまづつしゅう》に奪われた。それゆえ別動隊が待ち伏せしていることに気付かなかったのだ」

それと同じことを、今度はこちらが仕掛ける番である。

まずは武田に織田の援軍は五千に満たないと信じ込ませ、合戦が始まるまで信長が極楽寺跡に布陣していることを隠しておく必要があった。

「承知いたしました。お任せ下され」

「半蔵、何か策があるのか」

忠次が気遣わしげにたずねた。

「援軍の数を偽《いつわ》るために、配下を陣場商人に仕立てて武田の陣にもぐり込ませます」

長期の滞陣になると、陣場商人から野菜や酒、日用品などを買い入れる。そうした商人に身を替えて武田の陣中にもぐり込ませ、織田の援軍は少ないという噂《うわさ》をふりまくのである。

「信長公が布陣なされたなら、それがしが指揮をとって武田の間者《かんじゃ》をつぶします。茶臼山の尾根より西には、一人たりとも通しませぬ」

「それでは忠次、出陣までに空《から》の米俵二千を用意してくれ」

「土塁をお作りになるのでござろうか」

「身かくしを作る。柵の前にな」


五月十三日の早朝、信長は約束通り三万の兵をひきいて岐阜城を発《た》った。

知らせを受けた家康は、十四日の夕方に松平康忠ら百騎ばかりをひきいて岡崎城に入り、信長を迎える仕度をした。

翌日巳《み》の刻（午前十時）、信長の軍勢が矢作川《やはぎ》を渡ってやって来た。

先陣は佐久間信盛、羽柴秀吉《はしばひでよし》、その後ろが佐々成政《さっさなりまさ》と前田利家《まえだとしいえ》。信長は馬廻り衆五百ばかりを従え、輿《こし》に乗って悠然と進んでくる。

総勢は五千ばかり。残り二万五千を西三河の城にとどめているのは、家康の進言を容《い》れてのことだった。

家康は大手門まで迎えに出たが、信長は輿の簾《すだれ》を上げようともせず、

「出迎え大儀」

ひと声かけただけで二の丸御殿に入っていった。

妙な雲行きである。やはり信長は出過ぎた申し出に腹を立てているのかもしれない。家康が気を揉《も》みながら待っていると、近習《きんじゅ》の堀久太郎《ほりきゅうたろう》がやって来た。

「対面なされます。どうぞ」

信長は大広間の上段の間にいた。

銀色の南蛮具足《なんばんぐそく》をまとい、床几《しょうぎ》に腰を下ろしている。側《そば》には信盛らが鎧姿で控えていた。

「このたびは遠路ご出陣をたまわり、かたじけのうございます」

家康は下段の間からお礼の挨拶《あいさつ》をした。

信長は兜《かぶと》の目庇《まびさし》を下げて黙っている。いつものように緋《ひ》色のマントをかけて肩ひじを張っているが、こちらを圧する覇気がない。体もひと回り小さくなったようだ

った。

「三河守《みかわのかみ》どの、どうかなされたか」

信盛がたずねた。

「上さまもお人が悪い。何ゆえそれがしを試そうとなされるのでござろうか」

「試すとな」

「そちらのお方は、上さまではござらぬ。三河守の目は節穴ではありませぬぞ」

「家康、よう見た」

信長が脇から現れ、偽者《にせもの》の横に立った。

装束《しょうぞく》は同じで顔立ちも良く似ている。遠目ならどちらが本物か分からないほどだった。

「これは余の影武者じゃ。もう良い。兜を取って顔を拝ませてやれ」

影武者が頭成《ずなり》の南蛮兜をぬぐと、束ねた黒髪がこぼれ出た。

そしてつけ髭《ひげ》を取ると、お市《いち》の方の顔になった。

「これは、驚きましたな」

家康は不覚にもうろたえた。

お市の方とは一度だけ情けを交わしたことがある。こんな風に登場されては、どう対応していいか分からなかった。

「家康、このたわけが」

信長は企《たくら》みが図に当たって得意げだった。

「偽者と見破ったのは誉《ほ》めてやるが、その間抜け面は何じゃ」

「かような所にお市の方さまがおられようとは、思いも寄りませんでしたので」

「迷惑か」

「とんでもない。望外の喜びでございます」

「そちが二万の武田勢を皆殺しにすると言うのでな。お市にも働きぶりを見せてやろうと思ったのじゃ」

信長にうながされ、お市は一言も話さないまま退出していった。

それを見送った重臣四人は、ほっと肩の力を抜いてくつろいだ表情をした。

「近《ちこ》う寄れ。遠慮は無用じゃ」

信長は手が届く位置まで家康を呼び寄せ、これには訳があると言った。

「殿は二年前、小谷《おだに》城を攻め落として浅井《あざい》長政《ながまさ》どのを討ち取られました」

信長に替わって堀久太郎が理由を語った。

お市と三人の娘は落城寸前に助け出したものの、お市はそれ以来一言も口をきかなくなった。

都の医師に診察してもらったところ、落城の阿鼻叫喚《あびきようかん》の中を脱出してきた上に、夫と幼い息子を殺された衝撃が重なって、言葉を失ったのではないかという。

「ところが余は、口をきかぬのは余を憎んでのことだと思った。それゆえ腹立ちまぎれに、長政の頭蓋《ずがい》を薄濃《はくだみ》にするように申し付けた。悪い癖でな。ついカッとなってしもうたのじゃ」

天正《てんしよう》二年（一五七四）正月のことである。

信長は岐阜城で新年を祝う宴会を開き、内輪だけの席になった時に、浅井久政《ひさまさ》、長政父子、朝倉義景《あさくらよしかげ》の頭蓋骨に漆《うるし》と金泥《きんでい》をぬったものを披露した。

主な目的は重臣たちと戦勝を祝うことだが、いつまでもふさぎ込んでいるお市を叱《しか》りつける意図もあったのだった。

「しかしお市はますます心を閉ざし、余を鋭く憎むようになった。今は弟の長益《ながます》に預けているが、部屋から一歩も出ぬし、娘たちを育てもせずにぼんやりしているらしい。どうにもだちかんわ」

そこで武田勢が大敗するところを見せ、信長包囲網に加わった浅井長政がいかに愚かだったかを思い知らせれば、お市も踏んぎりをつけるだろうと考えたのだった。

「それでは聞かせてもらおうか。武田を全滅させる策を」

信長にうながされて、家康は用意の絵図を広げた。

信盛らがつられるように前のめりになってのぞき込んだ。

「我らは高松山に、信長公のご先陣は弾正山に布陣し、ふもとに三重の柵をめぐらします」

信長の本隊二万五千は背後に隠し、軍勢は少ないと見せて武田勝頼をおびき出す。そして別動隊を鳶ヶ巣山に向かわせ、長篠城を包囲した敵を追い払って退路を断てば、武田勢は袋のねずみになるのである。

「なるほど。それにはうってつけの地形のようだな」

「鷹狩りをしながら、何度も歩き回りました。要は武田を設楽ヶ原までおびき出せるかどうかでございます」

「そちも信玄坊主におびき出された。その要領は学んでおろう」

「すでに仕掛けはしております。後はご本隊を後ろに隠していただけば仕上がりまする」

「余は物見遊山《ものみゆさん》をさせてもらう。先陣はこの四人に命じたゆえ、意のままに使うがよい」

家康はその日のうちに吉田城に向かうことにした。その仕度を命じていると、長篠城から急使が駆け込んできた。

奥平信昌配下の鳥居強右衛門《とりいすねえもん》だった。

「長篠城は武田の猛攻にさらされております。すでに弾正曲輪《くるわ》は攻め落とされ、敵は二の丸の塀際まで迫っております」

「皆は無事か」

「半月におよぶ戦いで、二百余人が死傷いたしました。弾薬も兵糧も充分にございますが、高天神《たかてんじん》城の例もございますれば」

将兵たちは援軍が来ないのではないかと不安に駆られている。

そうした動揺を抑えるために、信昌は強右衛門をつかわして救援の言質《げんち》を得ようとしたのだった。

「よう分かった。そちも見た通り、織田の援軍はすでに到着しておる。その数は」

三万にのぼると言おうとして、家康ははたと口を閉ざした。

そう伝えれば籠城の将兵は勇気百倍するだろうが、強右衛門が城にもどる途中に武田勢に捕まるおそれもある。

機密がもれたなら、すべてが水の泡になるのだった。

「その数は五千じゃ。必ず助けに行くゆえ、あと五日間耐えてくれと伝えよ」


五月十六日の夕方、家康は石川数正を大将とする西三河衆三千と、佐久間信盛がひきいる織田の精鋭五千を従えて吉田城にもどった。

鳥居元忠も二千の兵に尺木を二本ずつ持たせて到着している。これで徳川勢八千の出撃態勢がととのったのだった。

家康はさっそく諸将を集めて軍議を開き、明日の出陣について打ち合わせることにした。

その席に向かっていると、庭先に服部半蔵が控えていた。

「ご報告したいことがあります」

「うむ。こちらへ」

家康は半蔵を従えて厠《かわや》に入った。

「鳥居強右衛門が捕らわれ、磔《はりつけ》に処されました」

強右衛門は徳川、織田の援軍が来ることを伝えに長篠城にもどろうとしたが、城を包囲していた武田勢に捕らえられた。

そうして拷問にかけられたが、頑《がん》として口を割ろうとしない。

そこで武田方は一計を案じ、城中に向かって援軍は来ないと叫べば命を助けてやると言った。

強右衛門はこの申し出に応じると偽り、寒狭川の岸で磔柱にかけられると、対岸の城中に向かって、

「すでに織田の援軍は岡崎まで来ており申す。あと五日の辛抱でござるぞ」

そう叫んだのだった。

「あざむかれたと知った武田は、強右衛門を串刺しにして亡骸《なきがら》をさらしております」

「援軍の数は申したか」

家康はそのことが気になった。

「定かではありません。城中の者に聞けば分かると存じますが」

「援軍が来ないと言わせようとしたのは、城を明け渡させるためであろうな」

「さようでございます。すでに二度、降伏を勧める使者を送っております」

「武田は後詰め決戦を挑むつもりではなかったのか」

後詰め決戦とは、包囲した城を囮《おとり》にして敵をおびき出す作戦である。長篠城を降伏させれば、この手が使えなくなるのだった。

「勝頼や軍師の長坂釣閑斎《ながさかちょうかんさい》は後詰め決戦をするつもりでござる。ところが山県昌景や馬場《ばば》美濃守《みののかみ》ら重臣たちは、援軍が到着する前に長篠城を攻め落とし、寒狭川を前にして迎え討つべきだと主張しているのでございます」

それゆえ独断で奥平信昌に調略を仕掛けているという。

「織田の軍勢が三万だと、敵に知られたのではあるまいな」

「長篠に通じる道は、すべて配下が封じております。敵の忍びが通ったとは思えませぬ」

「それなら山県や馬場は、どうしてそれほど慎重になる」

「武将の勘でござろう。牛久保城や二連木城があっさりと落ちたので、おかしいと感じたのかもしれません」

するとと武田勢をおびき出すのは難しいかもしれぬ。家康はそんな不安におそわれ、別の手立てを講じておく必要に迫られたのだった。

軍議には徳川方から酒井忠次、石川数正、鳥居元忠、本多忠勝《ほんだただかつ》、織田方から佐久間信盛、羽柴秀吉、佐々成政、前田利家が出席した。

進行役は家康の近習の松平康忠がつとめた。

「すでに作戦の詳細はご存じの通りでございます。皆様の陣所は次の通りとさせていただきます」

康忠が布陣の場所を記した絵図を皆に配った。

高松山の家康本陣は石川、鳥居、本多ら六千の軍勢が陣取り、その北側の弾正山には、前田、佐々、羽柴、佐久間の織田勢五千が守備につく。

弾正山より高松山の方が低く、傾斜もなだらかである。両軍が正面から激突したなら、武田の本隊は家康の本陣を突破しようとするはずだった。

「実は先ほど、悪い知らせがありました」

打ち合わせを終えてから、家康は鳥居強右衛門のことを伝えた。

「それがしは勝頼が後詰め決戦におよぶと見てこの策を立てましたが、武田の中には寒狭川を楯にして戦うべきだという意見もあるようでござる」

「確かにそうじゃ。設楽ヶ原まで出るのは、危険が大きすぎる」

利家は武田の側に立って考えていた。

こうした柔軟性はこの男の持ち味だった。

「しかし何とかおびき出さなければ、信長公にご出陣いただいた甲斐《かい》がござらぬ。そこで何か策はないか、皆様のお知恵を拝借したい」

「このあたりまで兵を出し、敗走するふりをして誘ったらいかがでござる」

成政が寒狭川の西岸の小高い丘をさした。

成政の兄隼人正《はやとのしょう》は、桶狭間《おけはざま》の戦いの時にこの役をはたし、千秋四郎《せんしゅうしろう》らと華々しく討死《うちじに》したのだった。

「なるほど、その手がありましたな」

家康は感心してみせたが、それでは武田を一網打尽《いちもうだじん》にすることはできない。待っているのは別の案だった。

「小山とはいえ、ふもとに頑丈な柵をめぐらしておれば、もはや野戦とは言えませぬ。陣城と呼ぶべきでござろう」

秀吉が心得たとばかりに身を乗り出した。

しわだらけの額《ひたい》の下で、金壺眼《かなつぼまなこ》が生き生きと輝いていた。

「確かにおおせの通りでござる」

「城ならば、敵を誘い込む策は決まっております」

「お聞かせ下され。その策を」

「城内に内通者を仕立てることでござるよ。城の内から手引きをすると」

「なるほど。さようでござるな」

これこそ家康が待っていた策だった。

「三河守どの、ご家中に誰ぞ適当な御仁《ごじん》がおられるか」

信盛はよそ事のようにのんびり構えていた。

「実は内通事件が岡崎で起きたばかりでござる。それゆえ、とても」

徳川家から出しても信用してもらえないと、家康は申し訳なさそうに頭をふった。

「ならば無理じゃ。我ら四人は信長公の股肱《ここう》の臣。内応すると言っても誰も信じまい」

「恐れながら、佐久間さま」

秀吉が口をはさんだ。

「このような策は、誰も信じぬほど意外な御仁のほうが図に当たると申しまする」

「それなら、そちがやるか」

「とんでもない。それがしのような軽輩では、軽くあしらわれるばかりでござる」

「ならば佐々か」

「それがしはそれほど器用ではござらぬ」

気一本の成政は、馬鹿にするなと言いたげだった。

「それでは前田か」

「拙者は昔、殿の茶坊主を斬り捨てて追放されており申す。二度目というわけには参りませぬ」

利家が面長の顔をしかめて気色《けしき》ばんだ。

「ならばやはり無理ではないか。こんなことは急に決められるものではないのじゃ」

「佐久間どの、貴殿にお願いしたい」

家康が気合を込めて申し入れた。

四人の中では一番の年長だし、大将としての力量も劣るので、先陣に並べても足手まといになるばかりだった。

「馬鹿な。このわしが、なぜ内通者の真似《まね》などしなければならぬのじゃ」

「それがしと佐久間どのの仲が悪いことは、武田にも知れわたっているからでござる」

「そんな、仲が悪いなどとは」

思っておらぬと、信盛が老いの目立つ顔を心外そうにゆがめた。

「六年前、掛川《かけがわ》城を攻めた時のことを覚えておられるか」

「い、いいや」

「あの時佐久間どのは、五百の兵をひきいて応援に来て下された。しかしそれがしは、それだけの兵では物の役には立たぬと、お引き取りいただき申した」

駿府《すんぷ》を追われた今川氏真《いまがわうじざね》が、朝比奈泰朝《あさひなやすとも》を頼って掛川城に逃げ込んだ時のことである。

ひそかに氏真と和睦《わぼく》しようとしていた家康は、信長の目付《めつけ》である信盛に内情を知られないように理由をつけて追い返したのである。

「三年前の三方ヶ原の戦いでは、それがしは敢然《かんぜん》と打って出て武田と決戦を挑むべきだと申しました。しかし貴殿らは、籠城するべきだと言って動こうとなされなかった」

「あれは……、無謀な戦はしてはならぬと、上様から申し付けられていたからじゃ」

「それがしはあの戦で一千余の家臣を失いました。しかし結果的には、あの決断が信玄の西進をはばんだのでござる。あの時佐久間どのは一千ばかりの手勢をひきいておられたが、何人失われましたか」

「そ、それは……」

三方ヶ原で待ち伏せしていた馬場信春らとの戦が始まると、信盛は真っ先に退却した。

そのため死傷者は数えるほどしかいなかったのである。

「昨年武田が高天神城を攻め落とした時も同じでござる。それがしは早急に援軍を送って下されと、矢の催促をいたした。ところが取り次ぎ役の貴殿がぐずぐずしておられたために、上様のご出陣が遅れたのでござる。そうした失策の数々を、今こそ償《つぐな》っていただかねばなりませぬ」

「三河守、それがそなたの本性か」

面目をつぶされた信盛は、顔を赤くして怒り出した。

「このように仲が悪いと、見せかけることができるということでござる。それゆえこの三河守は、意趣返しに貴殿に丸山《まるやま》の守備につくように命じ申す」

家康はにこりと笑って絵図を指さした。

丸山は弾正山の北東で、連吾川を渡ったところにある。

武田勢が突撃してきたなら、横から槍を入れられる絶好の場所に位置しているが、高さ五丈（約十五メートル）にも満たない小高い丘なので、武田勢の標的にされたら防ぎようがなかった。

「死に番をつとめよと申すか。このわしに」

「さよう。それがしは上様から、貴殿らを意のままに使えと申しつかっており申す」

お分かりかなと言うように、家康は信盛、秀吉、成政、利家を順に見やった。

これまで一度も見せたことのない凄味《すごみ》のある顔である。四人は本気か冗談か見極めがつかないまま、気圧《けお》されて黙り込んだ。

「なるほど。分かり申したぞ」

秀吉がいち早く立ち直り、笑いながら手を打った。

「死に番を押し付けられた佐久間どのは、どうせ死ぬならとばかりに武田に内通するという寸法でござるな」

「さよう。さすがは筑前守《ちくぜんのかみ》どのでござるな」

家康は秀吉の理解力より、場の空気を変える機転に感心した。

「なるほど。それなら武田も信じましょうな」

利家はあくまで素直な性分である。

「内通の証《あかし》に陣所を明け渡すと言えばよい。しばらく空砲を撃って戦うふりをして、頃合いをみて退却すれば、武田も誘いに乗ってくるであろう」

成政は戦術の天才である。こうした細工はいくらでも弄《ろう》することができた。

「さすがは佐々どの。それではそのようにさせていただきましょう」

間髪《かんはつ》入れぬ家康の一言で、信盛はこれ以上異をとなえることができなくなった。

翌五月十七日、家康勢と織田の援軍は吉田城を出て設楽ヶ原に向かった。五月雨《さみだれ》の季節である。

雨こそ降っていないものの、空はどんよりと曇っていた。

豊川ぞいの道をおよそ五里（約二十キロ）、半日がかりで設楽ヶ原につくと、それぞれ所定の持場に布陣した。

高松山、弾正山の東側に連吾川が流れ、その向こうに天王山《てんのうざん》を中心としたなだらかな尾根がつづいていた。

家康は用意した六千本ちかい尺木を、織田の援軍にも配り、陣地の要所に三重の柵をきずかせた。

柵の前に穴を掘り、掘り起こした土を米俵に入れて穴の前に置くと、簡単ながら身かくし（塹壕《ざんごう》）ができ上がった。

身かくしの前には逆茂木《さかもぎ》（枝がついたまま伐採した木）を並べて敵の侵入を防ぐ。

敵が逆茂木を取りのぞこうとしているところを、身かくしに入った銃隊が射撃する。防ぎきれなくなった場合は、柵の中に引き下がって射撃する。

二段構えの陣だった。

十七日の夕方から十八日の昼過ぎまで、家康勢と織田の援軍は不眠不休で陣地作りをつづけた。

柵を立てるばかりでなく、山の斜面を削って段々にし、切り岸（垂直な斜面）や犬走り（兵が移動する通路）を構築したのだから、まさに陣城と呼ぶにふさわしい構えだった。

（さあ来い、小倅）

家康は川向こうの天王山を見やって心の中で呼びかけた。

武田勢が出陣してきたなら、勝頼は医王寺山からこの山に本陣を移すはずである。両者の間は三町（約三百三十メートル）も離れていなかった。

佐久間信盛が丸山に陣地をきずき始めたのは五月十九日になってからである。山のふもとと中腹に二重に柵を結い回し、千五百の手勢で守備についた。

すでに内通の工作は、信盛の密使になりすました服部半蔵の配下が進めている。

勝頼の右腕と目されている長坂釣閑斎に接触し、戦が始まったなら偽って弾正山の陣地まで敗走し、頃合いを見て武田方に応じると申し入れていた。

「お疑いなら、兵を出して攻めてみられるがよい。我が陣からは空砲しか撃ち申さぬ」

密使は内通の証として信盛の起請文《きしょうもん》と、徳川、織田勢の詳細な布陣図まで渡した。

徳川勢八千、織田の援軍五千、計一万三千である。

対する武田勢は二万。このうち三千を長篠城の押さえに残したとしても、一万七千は出陣できる。

しかも信盛が寝返るなら、敵が陣城をきずいていたとしても勝算は十分にある。

釣閑斎はそう判断し、勝頼に出陣するよう進言した。勝頼は三十歳。家康が三方ヶ原に出陣した時と同じ年で、血気にはやっている。

重臣たちは危険すぎると反対したが、

「ともかく出陣して、内通が事実かどうか試せばよい。千載一遇の好機を逃すべからず」

そう言ってねじ伏せ、五月二十日の午後、前線の尾根に一万三千の軍勢を移動させた。

自身は四千の馬廻り衆をひきいて寒狭川を渡り、天王山の後方の山に陣取ったのだった。

その頃、信長は二万五千の軍勢をひきいて極楽寺跡にいた。

嫡男信忠《ちゃくなんのぶただ》や次男信雄《のぶかつ》らを従え、岡崎城の徳川信康を案内役として、昨日のうちに布陣を終えたのである。

「武田勢、動く」

先陣からその報を得た信長は、本陣を四半里ほど北東にある茶臼山（標高百三十六メートル）に移した。

南の松尾山には信康、南西の御堂《みどう》山と天神《てんじん》山には信忠と信雄を布陣させている。家康の進言を容れ、武田の間者に大軍と察知されないように軍勢を分散したのだった。

五月二十日の申《さる》の刻（午後四時）、信長は茶臼山の本陣に諸将を集めて軍議を開いた。

「者共、大儀」

信長は鋭い目で皆を見回した。

南蛮胴の鎧をまとい緋色のマントをまとった信長には、あたりを払う威厳がある。これほど戦場が似合う武将は空前であり絶後だった。

「家康、陣地作りは終わったか」

「お陰《かげ》さまで、無事に終わりました」

家康は戦場にいる時より緊張している。そうさせる信長の凄さを改めて感じていた。

「先陣には滝川一益《たきがわかずます》と丹羽長秀《にわながひで》を加える。弾正山の後ろ備えじゃ」

「かたじけのうございます」

「戦に勝つために来たのではない。武田を攻め滅ぼすために来た。そのことを忘れるな」

信長は十数人の武将たちをゆっくりと見回し、佐久間信盛に目を止めた。

「佐久間、こたびは思わぬ役をしてくれたな」

「ははっ」

「寝返り者になった気分はどうだ」

「何しろ、な、慣れぬことゆえ、似合わぬ衣装をつけて能を舞うようでございます」

信盛は一瞬返答に詰まり、信長が気に入りそうなことを言った。

「兵は詐《さ》をもって立ち、利をもって動くという。風林火山の旗をなぎ倒せるかどうかは、そちの働きにかかっておる」

合戦は敵をあざむくことが基本であり、常に有利な状況を作ってから動くべし、という『孫子《そんし》』の教えである。

それに続けて「疾《はや》きこと風の如《ごと》く」で知られる風林火山の教えが記されていることを、信長は知っていたのだった。

「有《あ》り難《がた》きお言葉、かたじけのうござる」

信盛は初めて誇らしげな顔になり、長老らしい貫禄を取りもどしていた。

軍議が終わった後、家康は信長の宿所に呼ばれた。

側には金森長近《かなもりながちか》が三人の鉄砲足軽を従えて控えていた。

「鳶ヶ巣山攻めは、酒井忠次が指揮をとるそうだな」

「日が暮れたなら、出発させることにしております」

「兵二千では心もとない。長近に一千の兵をさずけるゆえ、同行させせよ」

そのうちの五百は鉄砲隊だと、信長は足軽から受け取った鉄砲を構えてみせた。

普通より銃身が五寸（約十五センチ）ほど長い。銃床のあたりも頑丈に作られていた。

「新しい鉄砲でございますか」

「ポルトガルのマスケット銃を真似て、近江《おうみ》の国友村《くにとも》で作らせた。構えてみよ」

家康は鉄砲を受け取って構えてみた。

ずしりと重いが、全体の均整がとれているので命中精度が高そうだった。

「これなら一町半（約百六十五メートル）先の鎧を撃ち抜くことができる。しかも足軽は、この鉄砲の扱いに慣れた者ばかりだ」

従来の鉄砲では、一町先の鎧を撃ち抜くのが精一杯である。それより一・五倍も射程が長いのなら、武田の鉄砲隊など恐るるに足りなかった。

高松山の本陣では、酒井忠次、鳥居元忠、石川数正ら重臣たちが緊張した面持ちで待っていた。

三町先の尾根には、武田勢が布陣を終えている。信玄が育て上げた戦国最強の軍勢に、誰もが威圧されていた。

「軍議はとどこおりなく終わった。すべて計略の通りに進んでおる」

家康は力を抜けとばかりに肩を上下に動かしてみせた。

「三方ヶ原の仇《かたき》を討つのはこの時だ。康忠、敵陣の旗を読み解いてみせよ」

「正面にいるのは山県昌景、小山田《おやまだ》信茂《のぶしげ》、原昌胤《はらまさたね》、内藤昌豊《まさとよ》でござる」

松平康忠が敵の旗と用意の手控えを見比べながら、誰が布陣しているか説明した。

牛久保城、二連木城を攻め落とし、吉田城にまで攻め寄せた面々が、徳川勢の正面に陣取っていた。

「天王山には武田逍遥軒信綱《しょうようけんのぶつな》、同じく典厩信豊《てんきゅうのぶとよ》、小幡信真《おばたのぶざね》、安中景繁《あんなかかげしげ》」

信玄の弟信綱と、勝頼の従弟《いとこ》信豊が、後方にいる勝頼に代わって大将の座についているのだった。

「本陣の北に布陣しているのが、穴山梅雪《ばいせつ》、馬場信春《のぶはる》、真田《さなだ》信綱《のぶつな》、土屋《つちや》昌続《まさつぐ》」

これこそ武田の最強軍団である。

真田源太左衛門尉《げんたざえもんのじょう》信綱は三方ヶ原の時、家康の身代わりとなった夏目《なつめ》吉信《よしのぶ》を討ち取った仇だった。

囮となった佐久間信盛が布陣している丸山は、馬場信春らの陣から二町ほどしか離れていなかった。

「どうだ。敵は名の知れた武将ばかりだが、一対一なら負けはするまい」

「むろんでござる。漢《おとこ》の勝負で引けは取り申さぬ」

元忠が肩をいからせて答えた。

「元忠、次の戦までには、三町ばかり飛ぶ鉄砲が欲しいな」

「残念ながら、そのような横着な物はござらぬ」

「西洋にはあるかもしれぬ。もしそれを手に入れたなら、我らは酒でも飲みながら武田勢を打ち崩すことができよう」

家康の言葉に皆がどっと笑い、それぞれの陣小屋にもどっていった。

戌《いぬ》の刻（午後八時）を過ぎると日が沈み、亥《い》の刻（午後十時）には設楽ヶ原は漆《しっ》黒《こく》の闇におおわれた。

互いの陣所で焚《た》くかがり火が、軍勢の形そのままに連吾川をはさんで向き合っている。

「殿、そろそろ参りまする」

忠次が菅沼定盈と奥平定能を従えて報告に来た。

夜陰に乗じて豊川を渡り、南の山中を大きく迂回《うかい》して鳶ヶ巣山の敵の砦を急襲する作戦である。

定盈はこのあたりの地形に詳しく、定能は息子の信昌が長篠城で苦戦しているので、野田城を出て同行することにしたのだった。

「頼んだぞ。織田と手柄を争うな。金森どのの鉄砲隊に花を持たせよ」

「お任せ下され。茶会の仕度をして、長篠城で待っており申す」

山中の行軍はさぞ難儀するだろう。だが忠次らが役目をはたせるかどうかに、明日の計略の成否がかかっていた。

その夜、家康は眠れなかった。

陣小屋で横になったものの、期待と緊張と不安に気持ちが高ぶり、目は冴《さ》えてくるばかりだった。

（算《もくろみ》多きは勝ち、算少なきは勝たず。しかるを況《いわ》んや算なきにおいてをや）

心の中で『孫子』の言葉をくり返した。

仕掛けたのはこちらである。まんまとおびき出された武田は、算なきに等しかった。

運命の五月二十一日（新暦六月二十九日）。

東の空を明るく染めて、寅《とら》の下刻（午前五時）頃に日が昇った。薄雲におおわれた白く輝く太陽である。

家康は向こうの尾根を見やった。武田の陣には風林火山の本陣旗がまだ立っていない。

（勝頼は出て来ぬか）

そんな不安が胸をよぎったが、計略の成功を信じて歩を進めるしかなかった。

合戦は辰《たつ》の刻（午前八時）から始まった。

信盛の内通が事実かどうか確かめようと、馬場信春が二千の兵を出して丸山を攻めた。

佐久間勢は約束通り空砲を撃って防戦しているように見せかけ、四半刻（約三十分）ほどで弾正山まで敗走していった。

これを見た武田勢は内通が事実であると確信し、敗走する佐久間勢を追って織田の陣地に付け入ろうとした。それに呼応して、山県昌景、小山田信茂ら武田勢の左翼も高松山の徳川勢に攻めかかった。

合戦は矢戦《やいくさ》から始まる。

互いの弓隊が一町ほど離れた距離から遠矢を射かける。放物線を描いて数千の矢が飛び交い、軽装の足軽たちを死傷させていく。

その間に鉄砲隊が出て、半町ほどの至近距離から射撃する。弾薬に限りがあるので、確実に相手を撃ち倒せる位置まで近づいてから撃つのである。

武田の鉄砲隊は山筒衆を中心に編成されている。

日頃は山中に分け入って猟師をしている者たちが、五人ずつ組になって人を撃つ。

その動きは冷静沈着、射撃は正確そのものである。

まともに撃ち合っては勝ち目がない徳川の鉄砲足軽たちは、身かくしに身をひそめ、相手が弾込めにかかった時に撃ち返す。

その弱腰をあざ笑うように武田の槍隊が突撃して、鉄砲足軽を突き殺そうとする。

足軽たちは身かくしから飛び出し、三重に築いた柵の内側に逃げ込んでいく。それを援護しようと、柵の内側に控えていた鉄砲隊が接近した槍隊を狙い撃ちにする。

武田勢は射撃をものともせずに逆茂木を取り払い、柵に鉤縄《かぎなわ》をかけて引き倒し、突入口を確保しようとする。

しかもその背後から、山筒衆が柵の内側の者たちを次々と仕止めていく。

想像を絶する捨て身の戦術であり、驚嘆すべき豪胆さと力量だった。

（何だ。こいつらは……）

家康は武田勢の気迫に気圧された。

身方の勝利のために命を捨てて役目をはたす者を死に番というが、武田の先陣は死に番だらけである。三方ヶ原での戦いを上回る恐るべき気迫だった。

「気後れするな。撃て撃て」

家康は柵の近くまで出て将兵を励ました。

動じないところを見せて皆を落ち着かせようとしたが、とたんに兜と胴に銃弾を受け、敵の腕の確かさを思い知らされた。

「殿、ここはそれがしの持場でござる」

早く下がれと鳥居元忠が追い立てた。

北から南まで半里にわたる前線で、武田勢が優勢を保っている。もしここで佐久間が本当に内応したなら、織田、徳川連合軍は総崩れになっただろう。

勝機はここだとばかりに、勝頼が前線に出てきた。

風林火山の旗を押し立て、源 義光《みなもとのよしみつ》から伝来した楯無《たてなし》の鎧をまとった勝頼が、天王山の側、歳の神を祀《まつ》る小高い丘まで陣を進めたのである。

これを見て、武田勢の勇気は百倍した。

「死ね死ね。お館《やかた》さまが見ておられるぞ」

歓喜の絶叫を上げ、我先にと柵に取りついて引き倒そうとする。至近距離から撃たれる者が続出しても、身方の屍《しかばね》を踏みこえ乗りこえ攻めかかってくる。

中にはすでに二重目の柵まで引き倒した部隊があり、徳川勢も槍や刀をふるって柵ごしに敵を突き倒していた。

「殿、あれをご覧下され」

本陣に詰めた康忠が叫んだ。

鳶ヶ巣山から白い煙が上がっている。忠次らが砦を占領したのである。

「やってくれた。忠次らが、鳶ヶ巣山の敵を追い払ったぞ」

家康は大声で叫び、もうひと息の辛抱だと将兵を励ました。

やがて長篠城からも狼煙《のろし》が上がった。

忠次らは城を包囲していた敵を追い払い、寒狭川ぞいに布陣して武田本隊の退路を断ったのである。

これは勝頼らが想像もしていなかった事態だった。

寒狭川の岩場が越え難いことを知っているだけに、その衝撃ははかり知れないほど大きい。

しかも内通を約束していた佐久間信盛は、いっこうに動こうとしない。

「たばかられたか」

勝頼は初めてそのことに気付き、全軍に総攻撃を命じた。

この時、勝頼が全軍に撤退を命じたなら、重臣の大半を討死させることはなかっただろう。

だが敵は一万三千という思い込みと徳川勢は弱いという侮《あなど》りが、今ならまだ正面突破をできるという判断を生んだ。

(家康が三千の兵を割《さ》いて鳶ヶ巣山に向かわせたのなら、徳川本隊には五千の兵しかいないはずだ)

勝頼はそう考え、家康の本陣を突破することに活路を見出《みいだ》そうとした。

この日、武田勢一万七千は十三ヶ所に分かれて陣を敷いていた。一ヶ所千人から千五百人の部隊編成で、それぞれに弓、鉄砲、槍、刀、騎馬隊を持っている。

その中で先陣をつとめたのは、三河の国衆《くにしゅう》である作手、田峯、武節《ぶせつ》の山家三方衆《やまがさんぽうしゅう》と、遠州《えんしゅう》、駿河《するが》の国衆である。

自領に関わる合戦なので矢面《やおもて》に立たされ、それを補強するために武田の鉄砲隊が支援に回されたのである。

そうした部隊がすでに五つ投入され、徳川、織田方の防戦によって大きな被害を受けていたが、一門や重臣たちがひきいる八つの部隊はほとんど無傷のままだった。

ところが勝頼の総攻撃の命令が下り、押し太鼓が打ち鳴らされたために、右翼の馬場信春らは弾正山に、左翼の山県昌景らは高松山に向かっていっせいに突撃を開始した。

総攻撃にかかった武田勢の戦法も、先陣部隊と同じだった。

弓隊が遠矢を射かけて敵陣を攪乱《かくらん》し、鉄砲隊が鉄砲ぜり合いをおこない、槍隊が突撃して逃げ腰になった徳川、織田勢を柵の内側に追い込む。

そうして柵を引き倒して突入口を確保しようとするのだが、柵の内側から銃撃されて死傷者は増えるばかりである。

先陣部隊の苦戦を見ていた後発の武田勢は、持楯や竹束《たけたば》で銃弾を防ごうとするが、その数は少なく敵の銃撃を防ぎきれない。

しかも武田の鉄砲隊の弾薬は充分ではなく、弾を撃ちつくして身方を援護することができなくなった。

硝石や鉛の入手経路を封じられた弱点が、大事なところで露呈したのである。

それでも退路を封じられた武田勢には、正面の敵陣を突破するしか活路はなかった。

「行け行け。槍下《やりした》の高名を上げるのは今ぞ」

各陣の大将は、最後の切り札である騎馬隊を突撃させた。

馬を柵に体当たりさせても、あるいは鉤縄を馬に引かせても、柵を倒して突入口を確保しなければならない。そうして白兵戦に持ち込んだなら、武田の精兵が徳川や織田ごときに負けるはずがない。

その信念、その見込み、そして焼けつくような焦燥《しょうそう》にかられ、名のある武者たちが柵に向かって一直線に突撃していった。

甲斐、信濃《しなの》、上野《こうずけ》は馬の産地である。そこで育った武者たちは、馬を手足のように扱う術《すべ》を心得ている。

猛烈な速さで馬を走らせながら、馬上から弓を射、鉄砲を撃ちかけてくる。柵に馬を寄せ、槍を突き入れてくる猛者もいる。

一番手は山県昌景。

二番は逍遥軒信綱。

三番は赤武者の小幡信真。

四番は黒武者の典厩信豊。

撃たれても撃たれても波状攻撃を仕掛けてくる。

「あわてるな。馬を撃て」

鳥居元忠が自ら鉄砲を持ち、仁王立ちになって手本を示している。

家康は本陣に腰を下ろしたまま、我知らず貧乏ゆすりをしていた。

負けるはずがないと分かっていても、武田勢の威圧感に気持ちが押し込まれ、浮き足立っている。

「殿、悪い癖が」

康忠に注意され、親指の爪をかんでいたことに気付いたほどだった。


正午（午後零時）。

合戦の開始から二刻（約四時間）がたった頃、戦場にしばしの静寂がおとずれた。

攻め疲れた武田勢が、鉄砲の射程の外まで下がってひと息ついたのである。

その距離は一町（約百十メートル）ばかり。敵陣の柵との間には、身方の屍が折り重なって横たわっていた。

その中には重傷を負ってうめき声を上げている者や、助けを求める者、自力で身方の陣地まで這《は》いもどろうとする者もいる。

そうした凄惨《せいさん》な光景を見ながら、両軍の将兵たちは竹筒に入れた水を飲んで喉をうるおし、干飯《ほしいい》を食べて空腹をみたした。

たび重なる銃撃のために、鉄砲の砲身は触《さわ》れないほど熱くなっている。

それを水で冷やしたり、目詰まりした火皿の穴に針金を通して次の射撃にそなえる者もいた。

時折戦場でおこるこうした静寂を待ち構えていたように、弾正山から十人ばかりが吹く法螺《ほら》の音がいっせいに上がり、設楽ヶ原をなめるように広がっていった。

何事だろうとふり向いた敵と身方の視線の先に、黄色の地に永楽銭《えいらくせん》を黒く描いた織田信長の旗がずらりと並んだ。

後方に身をひそめていた信長勢一万五千が、頃合いや良しとばかりに姿を現したのである。

武田の本陣で戦況をながめていた勝頼が、絶望に打ちのめされたのはこの時だった。

佐久間の内通工作や鳶ヶ巣山の急襲ばかりか、敵は信長の本隊を後方に隠すという三段構えの算をめぐらしていたのだった。

「ああ、父上……」

勝頼は思わず信玄の御魂《みたま》に救いを求めた。

三方ヶ原の戦いの時、家康が信玄本隊が反転してくるのを見た時と同じである。

頭上から巨大な壁が倒れかかり、押し潰《つぶ》されそうな恐怖感におそわれた。

「全軍を元の陣地まで下げ、追撃してくる敵に備えよ」

勝頼は各隊に使い番を走らせるなり、二千ばかりの手勢とともに退却を始めた。大将が討ち取られたなら武田家は滅びる。それを防ぐためには、全軍を犠牲にしてでも甲府《こうふ》までもどらなければならなかった。

武田勢は天王山を中心とした尾根に向かって、潮が引くように退却を始めた。後に信玄台地と呼ばれるあたりである。

風林火山の本陣旗は立てたままだが、勝頼が敗走を始めたことは明らかだった。

「敵は逃げたぞ。追え追え」

家康は立ち上がって軍扇を振った。

だが三重の柵にはばまれ、即時には追撃に移れない。血気にはやった者たちがバラバラと飛び出し、鉄砲を撃ち矢を放っていた。

「あわてるな。柵の前で陣形を組み、各隊ごとに敵を押し詰めよ」

大声で指示していると、弾正山から織田家の旗をかかげた一隊がやってきた。

真ん中を歩くのは信長である。側には南蛮鎧をまとって影武者になったお市が従っていた。

「家康、ようやった」

信長は家康の肩を叩き、当然のごとく本陣の真ん中に座った。

「今日の勝ちはそちの手柄じゃ。だが、まだ終わってはおらぬぞ」

「ははっ。これから陣形を組み、追撃に移るところでございます」

家康は片膝をつき、報告の姿勢を取った。

「猿《さる》や又左《またざ》にもそう命じてきた。お市がそちの戦ぶりを見たいと言うのでな。こうして連れてきた。男の命のやり取りがどれほど非情で美しいか、見せてやってくれ」

「承知いたしました」

お市は低く下げた兜の目庇の下から、切れ長の目をひたと家康に向けている。怒ったような怯《おび》えたような、蔑《さげす》むような、懇願するような、何とも形容しがたい張り詰めた表情だった。

「康忠、狼煙を上げよ」

これが家康の第四の算である。

高松山から狼煙を上げると、長篠城から応諾の合図があり、金森長近の鉄砲隊を先頭にした三千の兵が寒狭川を渡りはじめた。

金森勢は最新鋭の鉄砲五百挺、酒井忠次勢も五百挺以上の鉄砲を装備していた。

「進め、敵の首を取ってはならぬ。その場に打ち捨てにせよ」

家康の号令一下、柵の前に整列していた鳥居元忠、本多忠勝、榊原康政《さかきばらやすまさ》らの精鋭部隊が、連吾川をこえて敵陣に向かっていく。

先頭は鉄砲隊、その後ろに弓、槍、打刀《うちがたな》を手にした兵が従っていた。

正面には山県昌景、原昌胤、小山田信茂らの軍勢が踏みとどまっているが、矢弾はすでに尽きているし、陣地には防御のための柵も立てていない。

尾根の上から投石するか、決死の切り込みをかける以外になす術がなかった。

徳川勢は敵の間近まで迫り、鉄砲を撃ちかけ矢を射かけて確実に仕止めていく。切り込んでくる敵を待ち受け、大勢で取り囲んで槍で突きたてる者たちもいる。

羽柴秀吉、前田利家ら織田勢の戦ぶりも同じである。

柵の前で陣形を組み、南北半里（約二キロ）にわたって敵を押し詰めていく。

しかも背後から金森勢と酒井勢が一千挺の鉄砲を持って迫ってくるのだから、武田勢の末路は哀れなものだった。

矢弾もなく陣形も取れないまま、巻き狩りにあった猪《いのしし》や鹿のように討ち取られていく。

前後から攻められるのを避けようと信玄台地を北に走り、敵の追撃をかわしかわし勝頼の後を追おうとするが、殿軍の者から順に命を落としていく。

かくなる上は、最期のひと戦をしようと、武田の名将たちが手勢をまとめて要所に踏みとどまるが、馬場信春も山県昌景も真田信綱も原昌胤も、鉄砲足軽たちが放つ銃弾に無残に撃ち倒されていく。

「見たか、お市。これが戦というものじゃ。強い者が勝ち、弱い者は生きてはおれぬ。いつまでも死んだ男にかかずらうでない」

信長はその現実をもっと良く見せようと、お市の腕を取って本陣の前に連れていった。

お市は凍《こご》えたように体を震わせ、無言のまま戦況を見つめていたが、ふいに信長の手をふり払い、さらに先まで走り出ると、

「殺せ、殺せ、殺せ」

絹を裂くような甲高《かんだか》い声で絶叫した。

凄惨な殺戮劇《さつりくげき》に動転したのだろう。吊《つ》り上がった目に狂気の光を宿し、青ざめた

顔には歓喜と陶酔の色を浮かべていた。

「追え追え、一人も逃がさず殺してしまえ」

そう叫ぶなりお市は卒倒した。

信長は悲しげな目でしばらく見つめていたが、緋色のマントでお市をおおい、両手で抱き上げた。

「これで良い。心の切所《せっしょ》をこえなければ、強くはなれぬ」

誰にともなくつぶやき、弾正山の本陣にもどっていった。

第五章

戦の後

ポルトガルとスペインの勢力圏

合戦は未《ひつじ》の刻（午後二時）に終わった。

辰《たつ》の刻（午前八時）の開始からおよそ三刻（約六時間）。織田《おだ》、徳川《とくがわ》連合軍の圧勝、武田《たけだ》軍の壊滅という結果である。

武田軍の死者は「およそ一万ばかり」と『信長公記《しんちょうこうき》』は伝えている。

高松《たかまつ》山に布陣した徳川家康《いえやす》の前には、戦死者で埋まる設楽《したら》ヶ原《はら》の光景が広がっている。野原は血で染まり、連吾《れんご》川の水も赤く変じていた。

（終わった）

家康は床几《しょうぎ》に深々と腰をかけ、ため息をついた。

勝ったという喜びがわいてこないのは、目の前のあまりに酷《むご》い光景のせいである。一歩間違えれば、自分と家臣たちもあんな運命をたどっていた。それをまぬがれた安堵《あんど》ばかりが、家康の心を満たしていた。

戦場では首獲《くびと》りが始まっている。討ち捨てにしていた敵の首を拾い集め、首実検の場で披露して手柄の証《あかし》とするのである。

見つけたなら下あごにそって切り落とし、実検にそなえるために血や泥で汚れた顔を洗う。

その仕事を嬉々《きき》としてやっている将兵たちの姿は、地獄の獄卒《ごくそつ》のようだった。

（南無阿弥陀仏《なむあみだぶつ》、南無阿弥陀仏）

家康は心の中で念仏をとなえた。

討死《うちじに》した者たちの冥福《めいふく》を祈り、こんな所業に手を染めた自分たちの救いを求めるためだった。

「殿、水野下野守《みずのしもつけのかみ》さまがお出《い》ででございます」

松平康忠《まつだいらやすただ》が告げた。

側《そば》には南蛮具足《なんばんぐそく》をつけ、虎の皮の陣羽織を着た下野守信元《のぶもと》が立っていた。

端整な顔立ちと堂々たる姿は相変わらずだが、どこか異様である。それは顔に化粧をしているためだと気付くまで、しばらく時間がかかった。

「三河守《みかわのかみ》どの、天下無双の勝ち戦《いくさ》、まことにおめでとうござる」

白粉《おしろい》をぬり眉を引き、唇にはうっすらと紅を引いていた。

「下野守どの、どうなされましたか、そのお姿は」

「ちと、こみ入った訳があってな。お人払いを願いたい」

信元は家康の側に床几を寄せ、声をひそめて訳を語った。

「わしが戦場に遅参したことは存じておろうな」

「聞いております。こたびの出陣では、水野忠重《ただしげ》どのに指揮を任せておられたと」

忠重は信元の弟で、家康の母於大《おだい》の同母の弟にあたる。

武田との戦が始まると一千ばかりの兵をひきいて家康の加勢に駆けつけたが、吉《よし》田《だ》城での武田勢との戦で負傷し、戦列をはなれざるを得なくなった。

そこで急きょ、緒川《おがわ》城で留守役をしていた信元が駆けつけたが、仕度に手間取り、信長《のぶなが》の出陣に間に合わなかったのである。

「それが上様の不興を買ったようでな。参陣の挨拶《あいさつ》をしても、声もかけて下さらなかった」

「病《やまい》の床についておられると聞いておりましたが、どうなされたのですか」

「三方《みかた》ヶ原《はら》の戦の時、わしは敵の鼻先に回って囮《おとり》になろうとした。覚えておろうな」

「むろん、覚えております」

あの時家康は、武田勢が三方ヶ原の台地を下りるのを待って攻めかかれば勝機はあると考えていた。

それを知った信元は、自分が百騎ばかりを率いて先回りし、囮になって敵をおびき出すと言った。

ところがこの作戦は武田の別動隊の待ち伏せにあって失敗し、徳川勢は一千余の戦死者を出す大敗を喫した。

その後信元は浜松《はままつ》城にもどらず、何があったのか報告もしないまま緒川城に引きこもっていたのだった。

「あの時、わしは武田の先陣に攻めかかった。ところが信玄《しんげん》は我らの策を見抜き、鉄砲を撃ちかけるだけで追って来ようとはしなかった。分かるか」

「我らが別動隊と戦っている間に、信玄の本隊は反転してきました。台地を下りるつもりは初めからなかったのでございます」

「そうじゃ。わしもそのことに気付いた。それゆえ何としてでも武田の本隊を台地から引きずり下ろそうと、無理な突撃をくり返し、横腹に鉄砲弾を受けた」

「伯父上《おじうえ》が、負傷なされたのですか」

「そうじゃ。その弾は今も腹の中に入っておる。そのせいで体調がすぐれず武者働きもできぬようになったが、敵はおろか身方《みかた》にさえ知られるわけにはいかぬ」

だから顔色が悪いのを隠すために、化粧をしているという。

「そんなことがあったとは知りませんでした。早くお話し下されば、お力になれることもあったでしょうに」

「誰にも弱みを見せられぬことくらい、そなたも分かっていよう。ただ、そのために参陣が遅れ、上様の不興を買っておる」

そこで頼みがあると、信元がいっそう体を寄せてきた。

汗と白粉のまざった妙な匂いがした。

「何でしょうか」

家康は思わず身をそらした。

「このままでは、所領を召し上げられるかもしれぬ。そこで忠重の働きのお陰《かげ》で吉田城を守り抜くことができたと、上様に奏上してもらいたい」

「それは出来ませぬ。他の家臣たちの手前もありますので」

「忠重が武田勢を防ぐために手負ったことは事実ではないか。それに少しだけ、色をつけてくれれば良いのじゃ」

「将兵の働きをどう評価するかは、大将たる者の大切な役目です。私情をさしはさむわけには参りません」

「そのようなことは分かっておる。しかし武士は相身互いじゃ。そなたがこうして大手柄を立てることができたのは、桶狭間《おけはざま》の後、わしが上様との仲を取りもったお陰であろう。その恩を思えば」

「下野守どの」

家康はためらいをふり切って突き放した。

「これは我が身大切と思って申し上げているのではありません。上様はそのような嘘《うそ》や誤魔化しをもっとも嫌われます。正直に体調が悪いと申し上げればいいではありませんか」

「そなたは上様のお気に入りゆえ、そのように気楽なことが言えるのじゃ。だが、わしはそうではない。使えぬと分かれば、腐った魚のように捨てられるばかりじゃ」

頼む、一生恩にきると、信元は土下座をせんばかりに懇願した。

だが家康は、首を縦に振ろうとはしなかった。

やがて弾正山《だんじょう》の信長の本陣に諸将が集まって祝いの酒を飲み、遅い昼食《ちゅうじき》をとった。

近くの村で作らせた握り飯に、梅干しや香の物を添えただけ。しかも戦場の血なまぐさい風が吹いている中での会食である。

だが渇いた喉に流し込む酒は甘露《かんろ》のようで、ぬくみの残る握り飯を頬張《ほおば》ると体の奥底から歓《よろこ》びがわき上がってくる。

この瞬間のためだけでも、次の戦に出ようかという気になるのだから、人間の性《さが》とは不思議なものだった。

腹がくちくなって人心地《ひとごこち》がつくと、首実検が始まった。

討ち取った武田の名将たちの首を、陣僧たちが三宝に載せて運び込む。それを役の者が受け取り、右手でもとどりをつかみ左手をあごに添えて披露する。

「馬場美濃守信春《ばばみののかみのぶはる》どのでございます」

「山県三郎兵衛尉昌景《やまがたさぶろうひようえのじようまさかげ》どのでございます」

「真田源太左衛門尉信綱《さなだげんたざえもんのじようのぶつな》どのでございます」

次々と運ばれてくる首を、信長は感情を消した冷ややかな顔でながめていた。

怒りを押し殺しているように見えるのはなぜだろう。ぎりぎりと引き絞った憤懣《ふんまん》の矢を、誰に向かって放つつもりなのか……。

重臣たちの誰もがそうした不安にとらわれ、緊張した面持ちで成り行きを見守っていた。

「猿《さる》はおるか」

「ははっ、こちらに」

羽柴秀吉《はしばひでよし》が転がるようにして信長の前に平伏した。

「なぜ勝頼《かつより》を逃がした」

「申し訳ございません。武田の諸将が命懸けで殿軍《しんがり》をつとめたために、追いきれませんでした。敵ながら天《あ》っ晴《ぱ》れと存じます」

「家康」

「ははっ」

家康も秀吉にならって前に出るしかなかった。

「武田を皆殺しにするゆえ、援軍二万を送ってくれと申したな」

「申し上げました」

「その折の約束を覚えておるか」

「できなければ、出陣した将兵の恩賞として三河《みかわ》一国を差し上げると」

それは家康がした約束ではない。信長が出陣の条件として迫ったことだが、今となっては逃げることはできなかった。

「約束は果たせたか」

「残念ながら、勝頼を討ち取ることができませんでした。しかし、お陰さまで大勝を収めることができましたので、甲斐《かい》、信濃《しなの》を攻め取るのに、時間はかかるまいと存じます」

「何年かかる」

「…………」

「武田を滅ぼすのに、何年かかるかとたずねておる」

信長の目の奥で何かがギラリと光った。あいまいな返答を許さない、残忍なばかりに鋭い目だった。

「八年、いや、七年のうちには、成し遂げてご覧にいれまする」

「ならばそれまで、三河はわしが預かっておく。異存はあるまいな」

「ございません」

家康はためらいも抗《あらが》いもしなかった。こう来るだろうという予感があって、心積もりはできていた。

これに血相を変えたのは、佐久間信盛《さくまのぶもり》や佐々成政《さっさなりまさ》、前田利家《まえだとしいえ》ら織田家の重臣たちである。

今日一番の手柄を立てた家康が三河一国を召し上げられるのなら、自分たちにはどんな処罰が下るか分からないと、戦勝気分などどこかに吹き飛んでいた。

「皆の者、聞いての通りじゃ」

信長は諸将を見回し、充分に恐れ入らせてから口を開いた。

「家康の覚悟、働きこそ皆の手本である。その恩賞として三河一国を与えるゆえ、嫡男《ちゃくなん》信康《のぶやす》に治めさせるがよい。奥三河、駿河《するが》は切り取り次第じゃ」

「有《あ》り難《がた》きおおせ、かたじけのうございます」

家康は何も気付かないふりをして礼を言ったが、信長の意図は手に取るように分かった。

家康から三河を取り上げ、恩賞として再び与えることで、己《おのれ》の権威を示したばかりではない。信康に治めさせるという条件をつけたことで、信康を自分の勢力下に取り込んだのである。

これから家康は、我が子とはいえ信康を意のままにすることはできなくなるし、信長は目付《めつけ》という形で家臣を岡崎《おかざき》城に送り込むことができるのだった。

信長と織田勢はその日のうちに極楽寺《ごくらくじ》跡まで引き上げ、戦場の後始末は家康が受け持つことになった。

梅雨《つゆ》の終わりから夏の初めに移る季節である。気温は高く湿気は多い。

朝方に死んだ者たちの骸《むくろ》はすでに腐り始め、銀色の羽をしたハエがびっしりとたかっている。

肉食のカラスも獲物《えもの》をうかがってあわただしく飛び回っている。

そうした中で足軽や雑兵《ぞうひょう》たちが、敵の遺体から鎧《よろい》をはがし、散乱した刀や槍《やり》、鉄砲などとともに一ヵ所に集めていた。

いずれも再利用が可能なので、武器商人に引き取らせて銭に替えるのである。

鎧や兜《かぶと》をはぎ取られた遺体は、こうした仕事のために駆り集められた者たちによって信玄台地に運ばれ、火葬に付されることになる。

そうしなければ遺体が腐乱し、土地や水を汚して疫病発生の原因になるからだが、その前におこなわれる正視にたえない所業があった。

鉄砲で討ち取られた遺体から、鉛玉を取り出すのである。

この戦で織田、徳川勢は三千挺《ちょう》ちかい鉄砲を用いた。交戦中にどれほどの弾を撃ったか正確には分からないが、推測する手がかりはある。

戦に敗れ領国に引き上げた勝頼は、敗戦の原因が弾薬の不足にあったことを痛感し、鉄砲一挺あたり三百発の弾を備えるように命じている。

もし織田、徳川勢が同じだけの弾を撃ちつくしたと仮定すれば、三千挺掛ける三百発、九十万発ということになる。

そのすべてが小型の三匁《もんめ》玉（約十一・二五グラム）だとしても、一万百二十五キログラム（十・一二五トン）である。

しかも火薬も必要なのだから、それらを入手する経済力と入手ルートを持っているかどうかが、戦の勝敗を分ける時代になったことを明確に示している。

もし武田勢の戦死者が一万人で、九十万発のうちの三分の一が命中したと仮定すれば、一人当たり三十発の鉛玉をあびたことになる。

ところがこの当時、鉛は国産だけではとても賄《まかな》いきれず、七割ちかくを朝鮮半島や東南アジアから輸入していた。

それだけ貴重で高価な品物だけに、撃ちつくした鉛玉をそのまま捨てておくわけにはいかなかった。

人や馬の遺体を切り裂き、まるでアコヤ貝から真珠でも取り出すように回収した。命中せずに地面や木にめり込んだものも、多くの者たちが出て拾い集めている。

家康は連吾川を渡り長篠《ながしの》城に向かう途中で、そうした光景をつぶさに見た。戦死者が膨大な数なので、こうした作業に何日かかるか想像もつかなかった。

（南無阿弥陀仏、南無阿弥陀仏……）

設楽ヶ原を横切りながら、痛恨の思いで念仏をとなえている。

これが戦の現実である。

誰もこんなことは望んでいないのに、領国を維持し家臣や領民を守るためには、心を鬼にして戦わざるを得ないのだった。

「この世は穢土《えど》じゃ。人の欲と執着《しゅうじゃく》が、はてしもない奪い合いと殺し合いをつづけさせておる」

登誉《とうよ》上人の言葉が、家康の脳裡《のうり》を稲妻のようによぎった。

「それを少しでも浄土《じょうど》に近付けるために、生きてみようとは思わぬか」

あれは桶狭間の戦いに敗れ、大樹寺《だいじゅじ》の先祖の墓の前で腹を切ろうとした時だ。

正確な言葉は忘れたが、家康は登誉上人の一喝によって目が覚め、この世を浄土に近付けるために生きる決意をしたのである。

（南無阿弥陀仏、南無阿弥陀仏）

ところが現実はどうだろう。

厭離《おんり》穢土、欣求《ごんぐ》浄土の本陣旗をかかげて戦いつづけてきたのに、浄土に近付けるどころか、死屍《しし》の山を築き、地獄のような光景を生み出しているではないか……。

そうした後悔が胸をさいなみ、敗戦の将のように顔を上げることができなかった。

「殿、大事ござらぬか」

鳥居《とりい》元忠《もとただ》が気遣った。

剛勇をもって鳴る元忠も、地を埋めて累々と横たわる戦死者に気をくじかれているようだった。

「何でもない。この者たちにも、帰りを待つ妻子がいるだろうと思っただけだ」

家康のその言葉に過剰に反応したのは、石川数正《いしかわかずまさ》である。

「お気持ちは分かりまするが、これが戦というものでござる。気後れしてはなりませぬぞ」

なまじ頭がいいだけに、心のこもらぬ口先だけのことを言う。

昔の家康なら鎧の胸紐《むねひも》をつかみ、馬鹿野郎と怒鳴りつけるところだが、怒りをぐっと呑《の》み込んで先を急いだ。

信玄台地に上がり、勝頼や武田の武将たちが指揮をとった天王山《てんのうざん》の頂《いただき》に立ってみる。眼下に連吾川が流れ、家康が本陣とした高松山は目の前。互いの顔が見分けられるほどの近さである。

高松山から弾正山まで低い尾根が連なり、夏草におおわれた斜面はなだらかに見える。これならひと息に突破できると勝頼が判断したのも、無理からぬことだった。

信玄台地の東側の五反田《ごたんだ》川のほとりでは、酒井《さかい》忠次《ただつぐ》が後片付けの指揮をとっていた。

忠次や金森長近《かなもりながちか》の鉄砲隊に襲われた武田勢は、川を楯《たて》にして踏みとどまろうとし、多くの犠牲者を出したのだった。

「殿、お勝ちになられましたな」

忠次も思い詰めた強張《こわば》った顔をしている。首には長い数珠《じゅず》をかけていた。

「ああ、そちの働きのお陰だ」

家康は目に涙がにじむのを見られまいと、鳶ヶ巣山《とびがすやま》を見上げた。

山の上空では数羽の鳶が輪を描いて飛んでいる。遺骸を狙って突然現れたカラスの大群を警戒しているようだった。

「そのような顔をなされるな。殿に勝利を喜んでいただかねば、命懸けで戦った将兵が浮かばれませぬ」

「そうだな。その通りだ」

「前を向きましょうぞ。欣求浄土でござる」

忠次は小さくささやき、家康の首に数珠をかけた。

寒狭川《かんさ》は両岸が岩場になって切り立ち、川の中ほどにも巨大な岩がゴロゴロと転がっている。その頑丈な岩を橋脚として、幅一間（約一・八メートル）ばかりの白木の橋が架けられていた。

「武田が軍勢を渡すために架けたものでござる。長篠城を包囲していた軍勢が、敗走する時に引き落とそうとしましたが、できなかったのでござる」

大将の勝頼も渡ったのだから、土木技術に長《た》けた武田勢が念入りに作ったのは無理もない。だがその配慮が仇《あだ》となり、橋を落とせないまま逃げ去ったために、忠次らは楽々と追撃できたのだった。

橋から下をのぞくと、ここにも鎧を着たままの武田勢が折り重なって倒れていた。

対岸では奥平信昌《おくだいらのぶまさ》が、近藤康用《こんどうやすもち》や鈴木《すずき》重好《しげよし》らを従えて出迎えた。長篠城の激戦は二十日ちかくに及んだために、皆が頬《ほお》が削《そ》げ落ち目がくぼんでいる。

その側では信昌の父定能《さだよし》、野田《のだ》城主の菅沼定盈《すがぬまさだみつ》が誇らしげに付き添っていた。

「これ以上なき後詰《ごづ》めをしていただき、かたじけのうござる。この信昌、生涯の誉《ほま》れにございます」

信昌が片膝をついて礼を言うと、皆がそれに従った。

「礼を言うのはわしの方じゃ。苦しい戦を、よくぞ耐え抜いてくれた」

家康も片膝をつき、信昌の手を取った。

長篠城へ向かう道の両側には、籠城《ろうじょう》していた将兵がびっしりと立っている。皆やせ細り、血や泥に汚れた鎧をまとっている。額《ひたい》や腕や足に傷を負っている者も多い。

家康は胸を張り、皆の視線を真っ正面から受け止めながら歩いた。

長篠城は破壊されつくしていた。

武田勢は弾正曲輪《くるわ》や帯曲輪を攻め落とし、本丸に立て籠《こ》もる徳川勢に至近距離から鉄砲を撃ちかけたのである。

塀と曲輪を掘り崩そうと、内堀に金掘《かねほ》りを入れて何ヵ所も掘った跡が、洞窟のような穴となって残っていた。

本丸の櫓《やぐら》の中も凄《すさ》まじかった。

壁は鉄砲に撃たれてはがれ落ち、籠のように竹組みだけになっている。戸板は撃ち抜かれて障子のようだった。

そこから銃撃されるのを防ぐために、筵畳《むしろだたみ》を何枚も重ねて立てかけてあった。

「よくぞ、耐え抜いたものだ」

家康は誰にともなくつぶやいた。

それに答える者はいない。元忠も数正も忠次も、あまりに凄惨《せいさん》な光景を前にして神妙に口をつぐんでいた。

薄暗い櫓の中には、重傷を負った者たちが百人ちかく横たわっていた。

勝ったと聞いたものの、外に出て歓びを分かち合うこともできずにいる。助かる見込みがないほど深手を負っている者もいて、血と糞尿《ふんにょう》の臭いが耐え難いほどだった。

「何人、失った」

「四百二十三人でございます」

信昌が即座に答えた。

城内にとどめておくことはできないので、髻《もとどり》だけを切り落として遺骸は川に捨てたという。

「鳥居《とりい》強右衛門《すねえもん》が磔《はりつけ》にかけられた所は、あそこでございます」

信昌が寒狭川の対岸を指した。

今は磔柱《はりつけばしら》が取り払われ、夏草が生い茂っているだけだった。

「みんな、よく戦ってくれた」

家康は重傷者に向かって語りかけた。

「お陰で武田勢一万と名のある武将十数名を討ち取ることができた。徳川はこれからますます強く大きくなっていく。各々《おのおの》の家も必ず立ち行くように計らうゆえ、安心してくれ」

　櫓の中で皆がすすり泣いている。その声が痛いほど家康の胸に突き刺さった。

　合戦の三日後、家康は岡崎城を訪ねた。

　今度の援軍のお礼に、岐阜《ぎふ》城へ行かなければならない。その旅に信康と徳《とく》姫を同行することにしたのである。

　酒井忠次の兵五百に守られて岡崎城に着くと、信康と平岩親吉《ひらいわちかよし》、石川数正らが列をなして出迎えた。

　家康はまず信康と親吉だけを別室に呼び、岐阜城に行く目的を告げた。

「勝ち戦の後の軍議で、上様はわしから三河を取り上げ、改めて信康に与えるとおおせられた。それゆえそなたからも、お礼を申し上げなければならぬ」

「殿、それでよろしいのでございますか」

　生真面目《きまじめ》な親吉は、不満に顔を強張らせていた。

　信康が信長から三河を拝領することになれば、徳川家は家康と信康、遠江《とおとうみ》と三河に分断されかねないのである。

「上様がお決めになったことだ。致し方あるまい」

「今度の戦で一番の手柄を立てられたのは、殿ではありませぬか。何ゆえそのような理不尽な扱いを受けなければならないのでしょうか」

「信康、そなたはどう思う」

家康は信康を見やって意見を求めた。

「上様は父上を試しておられるのだと存じます」

信康は言いにくいことをはっきりと口にした。

十七歳になって体付きも顔立ちも一人前になっている。我が子ながら誇らしいほどの成長ぶりだった。

「何をどう試しておられる」

「理不尽な申し付けをしても、黙って従うかどうかでございます」

「なぜ、そのようなことをなされる」

「長篠での父上の戦ぶりが、あまりに見事だったからでございます」

信康は戦の間、後方の松尾《まつお》山に布陣していた。だが前線での家康の戦ぶりは、物見から逐一《ちくいち》報告を受けていたのだった。

「ならば、わしはどうすれば良い」

「上様に恐れや疑いを抱かれぬよう、身を慎まれるべきと存じます」

「さようか。ならばそなたと徳姫を岐阜に連れていく理由も分かっておろうな」

「承知しております。ご安心下されませ」

「主君が重臣の力を削ぐために所領を分けるのは、よくあることじゃ。今までと変わりなく振る舞うようにせよ。親吉」

「ははっ」

「上様が岡崎に目付をつかわされるやも知れぬ。その時は、信康との間に立ってうまく計らってくれ」

「この身を楯として、お仕えさせていただきます」

親吉は深々と頭を下げ、ひとつおたずねしたいことがあると言った。

「うむ、何じゃ」

「上様にお礼を申し上げるのなら、進物を用意するべきではないでしょうか」

「我らの身が進物じゃ。それくらいの覚悟を見せなければ、上様に喜んではもらえぬ」

打ち合わせを終え、三河在住の重臣たちを集めて祝勝会をおこなった。そのうちの半数は設楽ヶ原に出陣し、半数は留守役として岡崎城を守っていた。出陣した者たちも、信康に従って後方の松尾山にいたので、戦場の修羅《しゅら》を経験していない。そのせいか宴席でも自慢話のような怪気炎ばかり上げるので、家康は次第に不愉快になっていった。

「殿、欣求浄土でござるぞ」

側にいた忠次が、顔が強張っていると小声で忠告した。

家康と信康は早めに席を立ち、家族と語らいの場を持った。瀬名《せな》、亀姫《かめ》、徳姫、於大の方が顔をそろえている。それぞれに戦乱の世を生き、不思議な縁によってこの場に会しているのだった。

「このたびの勝ち戦、まことにおめでとうございます」

尼僧姿の瀬名が口上をのべ、四人がそろって頭を下げた。

「皆もよく留守を守ってくれた。徳姫どの、こたびは足労をかけるの」

「いいえ。里帰りをさせていただくと聞き、楽しみにいたしております」

徳姫は信康と同じ歳《とし》で、輿《こし》入れしてから八年になる。だが、まだ跡継ぎには恵まれていなかった。

「亀姫も喜ぶがよい。今度の一番手柄は、長篠城を守り抜いてくれたそちの夫じゃ」

「まあ、それは良うございました」

亀姫があごの張った顔を恥ずかしげに赤らめた。

「信昌どのはお仙《せん》どのの孫ですからね。それくらいの働きはなされるはずです」

於大がここぞとばかりに口をはさみ、自分とも浅からぬ縁だと言った。

お仙は水野忠政《ただまさ》の妹で、於大の叔母《おば》にあたるのだった。

「母上のおおせの通りです。水野の女子《おなご》は強い男を産みます」

「そう思うなら、お万《まん》を大切にしてやりなさい。於義丸《おぎまる》だって、きっと一角《ひとかど》の武将になるはずです」

「ご安心を。二人とも元気にしていますので」

家康は軽く受け流してから、来年早々にも亀姫の輿入れをしたいと言った。

「信昌の働きに報《むく》い、奥三河の盟主に取り立てねばならぬ。仕度をしておいてくれ」

「おそれながら、祝言《しゅうげん》はどちらで挙げることになりましょうか」

瀬名が遠慮がちにたずねた。

「むろん信昌の城じゃ。長篠になるか別の所になるか、それはまだ分からぬ」

翌朝早く、家康らの一行は岡崎城を出て岐阜へ向かった。

北への道をたどって寺部《てらべ》（豊田市）を過ぎ、夕方には品野《しなの》城（瀬戸市）の城下を宿所とした。

翌二十六日には木曽《きそ》川を渡って加賀見野《かがみの》（各務原市《かかみがはら》）の陣屋に泊まり、翌日の朝、衣装や馬具を美しくととのえて岐阜城下に入った。

目を上げると濃尾《のうび》平野を見下ろすように金華山《きんかざん》がそびえ立ち、山頂には三層の白壁の天守閣があたりを睥睨《へいげい》している。

何度見ても美しく勇壮で、天下布武《ふぶ》のために孤高の道を歩きつづける信長の姿を象徴しているようだった。

（天に選ばれたお方なのだ）

家康はふとそう思った。

信長が伊勢《いせ》長島《ながしま》で二万人もの一向一揆《いっこういっき》を焼き殺したと聞いた時には、強い反発と違和感を覚えた。比叡山《ひえいざん》の焼き討ちに次ぐ天魔の所業だと思った。

だが長篠の戦いの時に、信長は気を失ったお市《いち》を抱き上げて誰にともなくつぶやいた。

「心の切所《せつしよ》をこえなければ、強くはなれぬ」

家康はそれを聞き、信長も修羅をかいくぐって己を鍛え上げたのだと、初めて気付いたのだった。

金華山のふもとには、信長が常の住居としている御殿があり、城と古《いにしえ》の寝殿造りを融合した優美な姿を見せている。御殿の奥には滝があって、その横には柱や梁《はり》を朱で、壁を白漆喰《しつくい》で塗った三重塔が建っていた。

那智《なち》の滝と青岸渡寺《せいがんとじ》にならったものらしい。比叡山を焼き討ちした信長だが、神仏への尊崇《そんすう》は人一倍強いのだった。

岐阜の城下は前に来た時より人口も増え、家並みも立派になっていた。中山道《なかせんどう》と長良川《ながら》水運を結ぶ要地だけに、人や物、金や情報が集まってくる。

信長は地子《じし》（地代）を免除したり、楽市楽座をおこなったり、法度《はつと》（法律）を厳重にして取り引きの公正さを保つことで多くの商人を定住させ、商《あきな》いを活発にして城下が発展するように仕向けたのだった。

巳《み》の刻（午前十時）に到着することは、昨日のうちに知らせてある。

大手門につづく道の両側には、信長の馬廻《うままわ》り衆《しゅう》二百人ばかりが色鮮やかな裃《かみしも》を着て並んでいた。

「徳川三河守どの、ご出仕大儀にござる」

近習《きんじゅ》筆頭の堀久太郎《ほりきゅうたろう》が出迎えた。

出仕とは主君に仕えるために出向くことである。家康を同盟の相手から重臣の一人に組み込もうとする信長の意図があらわれた言葉だが、家康は何も気付かないふりをして挨拶を返した。

案内されたのは洋風にしつらえた一室だった。中央に螺鈿《らでん》細工をした黒塗りのテーブルと椅子があり、六人分の食膳がすえてあった。

「どうぞ、お座り下されませ」

家康、信康、徳姫、忠次の順に下の座につき、神妙な顔で信長が来るのを待った。

「これは何でござろうか」

忠次がガラスの容器を珍しげにつまみ上げた。

底の方が丸くすぼまり、一本の足となって台座へつづいている。見たこともない優美な形だった。

「ワイングラスというものでございます。クリスタンたちはこのグラスでワインを飲み、神への信仰を誓うそうでございます」

「クリス……、何やらと申されましたか」

「クリスタンでございます。キリスト教の信者のことを、ポルトガル語でそう言います」

外の廊下から足音が聞こえてくる。久太郎は素早く話を切り上げ、取っ手のついた扉を引き開けた。

信長の出立《いでた》ちは奇抜だった。

紺色の絽《ろ》で洋服の上下を作らせ、白い大きな襟飾りをつけている。腰には革のベルトを巻き、燧石《ひうちいし》式の馬上筒を下げていた。

信長はその姿を皆に見せつけるようにしばらく立ちつくし、家康の正面の席に座った。

大紋《だいもん》姿の信忠《のぶただ》が横の席につき、義弟にあたる信康と向き合った。

「家康、よう来た」

「このたびは上様直々《じきじき》にご出馬いただき、かたじけのうございました。お陰さまで武田を打ち破ることができました」

信長の出立ちについて何か感想を言うべきだろうかと思いつつ、家康は無難な挨拶にとどめた。

「信康もよう来た。しばらくこの城にとどまり、城中、城下の様子などを見ていくがよい」

「有り難きお言葉、恐悦に存じます」

信康の表情は固い。信長と接する緊張と、操られてはならないという警戒心があからさまに出ていた。

「五徳《ごとく》、児《やや》はまだ出来ぬか」

「ご覧の通り、まだ授かっておりません」

徳姫の名は五徳という。信長の長女だけあって遠慮のない口をきいた。

「励め励め。児を産まぬ女子など、槍を使えぬ侍のようなものじゃ」

「励んでおりますが、児を産むだけが女子の仕事ではありませんよ」

「ほう。他に何の能がある」

信長は徳姫の気の強さが可愛くて仕方がないらしい。

「夫の仕事を裏で支えるのも妻の役目ですし、いざとなれば井伊直虎《いいなおとら》さまのように女城主だって務まります。近頃はわたくし、小太刀《こだち》の稽古もいたしております」

「敵を殺すのは男の仕事じゃ。女子は一人でも多く子を産んでくれれば良い」

その言葉通り、信長は生涯に二十一人の子を成している。

それも系図に記された数だから、この頃の乳幼児の死亡率を考えれば、育たなかった子もそれと同じくらいいるはずだった。

「ところでこの装いはどうじゃ。南蛮の仕立て屋に作らせてみたが」

「似合いません」

徳姫は喧嘩腰《けんかごし》になっている。

子供を産むだけが女子の仕事だと言われ、腹に据えかねているようだった。

「ほう、何がどう似合わぬ」

「父上は細面《ほそおもて》の顔立ちをしておられますので、西洋の服はお似合いでございます。

ですが髷《まげ》は、その服には似合いません」

「うむ、さようか」

信長は黒漆《うるし》ぬりのテーブルに顔を映して確かめていたが、その通りだと思ったらしく、久太郎から笄《こうがい》を借りて髷の元結《もとゆい》を切り落とした。

「これでどうじゃ」

「それでは月代《さかやき》が目立ちすぎて、禿《は》げたおじいさまのようでございます」

「無礼な。禿げたおじいさまとは何たる言い草じゃ」

「あら、わたくしに子が出来たなら、父上はおじいさまになられるのですよ」

徳姫はひるまない。信長に対してこんな口がきけるのは、天下広しといえども徳姫だけだった。

「たわけが。久太郎、あれを持て。南蛮の商人からもらった帽子じゃ」

久太郎が持ってきたのは、ポルトガル海軍の水兵帽だった。つばのない白い帽子に青い筋が二本入っていた。

「これならどうじゃ」

信長はおしゃれである。水兵帽をかぶった姿をテーブルに映し、どの角度が似合うかを確かめている。

「それはよくお似合いです。西洋人にも引けを取らないと思います」

徳姫が誉《ほ》めたように、帽子も服もよく似合っていた。足が長く腰の高いすらりとした体形なので様になる。

これを胴長の家康が着たなら、どんな悲惨なことになるか分からなかった。

やがて小姓《こしょう》が運んだワインを、信長は皆に手ずからついで回った。

「戦勝の褒美《ほうび》じゃ。存分に飲んでくれ」

「かたじけのうございます」

家康は両手でグラスを捧《ささ》げてついでもらった。

ワインは鮮やかな深紅の色で、イエス・キリストの血にたとえられるのも分かる気がした。

口にするとひどく渋い。こんなもののどこが旨《うま》いのか分からないが、顔をしかめるわけにはいかなかった。

次に料理が出た。

鉄板の上で焼いた牛肉で、切れ目から血がにじみ出ている。まだジュウジュウと音を立て、湯気とともに香辛料の香りが立ちのぼった。

「これはビーフィというポルトガルの料理じゃ。牛の肉だが存外旨い」

ほれ、このように切って食べるのだと、信長は家康のためにナイフとフォークで肉を細かく切り分けてやった。

面倒見がよくおせっかいなのも、信長の性格の一端である。それほど機嫌がいいということでもあった。

家康は恐る恐る口にしてみた。

牛の肉を食べるのは初めてではないが、こんな風にたった今はぎ取ったような肉を食べたことはなかった。

しかし、信長の言う通り案外旨い。肉の臭味を香辛料が消しているし、旨みと滋養がじわりと口の中に広がっていく。

食べるごとに元気がわき上がってくるようだった。

「家康、うみゃーか」

信長は感想を聞きたくてうずうずしていた。

「たいへん美味だと存じます」

「そうか。でらうみゃーか」

「西洋人は毎日、このような物を食べているのでございましょうか」

「そうよ。これを食べるために、仔牛を船に乗せて航海していたそうじゃ」

「しかしそれでは、牛のための飼葉《かいば》や水が必要と存じますが」

いかに西洋の船が大きいとはいえ、それを載せる余裕があるだろうか。家康は素朴な疑問を覚えた。

「その通りじゃ。それゆえ困っていたところ、南蛮において一挙に解決できる宝物を見つけた。何か分かるか」

「いいえ。分かりません」

「丁字《ちょうじ》と呼ばれる香辛料じゃ。肉にこれをまぶして船に積み込めば、腐りにくなるし味もよくなる。そのため西洋では、丁字は金よりも重宝されているそうだ」

しかも東南アジアでとれる丁字がもっとも良質で、これを西洋に運んで巨万の富を得た者が大勢いる。

ポルトガルやスペインがこの地域に進出してきたのはそのためだと、信長は肉を頬張りながら国際情勢について語った。

「どうした五徳。早く食べぬと肉が固くなるぞ」

「わたくしは食べません。見ているだけで気持ちが悪くなってきました」

そう言うなり、徳姫は許しも得ずに席を立った。

「どうやら五徳姫の機嫌を損じたようじゃ。信忠、後は任す。若い者同士で語り合いたいこともあろう」

信長は肉を平らげ、家康と忠次についてくるように命じた。

「鳶ヶ巣山での忠次の働きは、金森長近から聞いておる。その褒美じゃ。茶など馳《ち》走《そう》しよう」

御殿の茶室に案内してくれるのかと思っていたが、馬場に鞍《くら》つきの馬が三頭用意してあり、口取りも控えていた。

山上の天守閣まで連れていくつもりである。

前に案内してもらった時は警固《けいご》もつけていなかったが、この日は前後に五人ずつ手《て》練《だ》れを配していた。

「近頃は命をつけ狙うものがいてな。のんびりと山歩きもできぬ」

「それはどのような輩《やから》でございますか」

「伊勢長島で落ち延びた者たちのようじゃ。親の仇《かたき》、妻子の仇と思っている者もいるのであろう」

（もしや、本多《ほんだ》弥《や》八郎《はちろう》が）

家康は内心ひやりとしたが面には表さなかった。

馬はよく調練され、険しく細い山道を軽やかな足取りで登っていく。

初夏のことで、色鮮やかな葉をつけた木々が頭上をおおっている。谷川の水が音を立てて流れ、吹き寄せてくる風も心地《ここち》いい。

家康はふと山道を分け入って未知の世界に連れていかれるような不安にとらわれ、後ろをふり返った。

馬術にすぐれた忠次は、背筋ののびた美しい姿勢で鞍の上におさまっている。そして家康を見つめ、「ご安心下され」とでも言うように小さくうなずいた。

山上の門の前には、鎧姿の足軽たちが警固にあたっていた。そこを抜けて壁ぞいの道を二の丸まで進むと、頭上に三層の天守閣がそびえていた。

ふもとから見上げる姿も見事だが、こうして間近でながめると天空に浮いているようで、ひときわ勇ましく華やかである。

家康がここを訪ねたのは二度目だが、最初見た時より感動は大きかった。比類のない美しさ、険しい山頂に築かれた孤高の姿が胸を打つ。

初めて見た忠次は、突然現れた天守閣に仰天し、鐙《あぶみ》を踏みはずしそうになったほどだった。


天守閣の一階は武具の間で、壁には二千本ちかい矢が隙間なく並べてある。弓も百張ほど備えてあるが、武張った感じにしないために、壁を矢羽根で装飾したように美しく整然と配されていた。

二階は信長や近習たちが寝泊まりするためのもので、いくつかの部屋に仕切ってある。三階は信長専用の空間で、ふすまには唐《とう》の伝説の皇帝たちが描かれていた。

その上の四階が望楼《ぼうろう》の間である。すでに二人の近習が控え、信長の合図を待って戸を引き開けた。

薄暗い部屋が一瞬にして明るくなり、眼下に濃尾平野の雄大な景色が広がっていた。木曽川と長良川が墨俣《すのまた》の南で合流し、揖斐《いび》川と並行して伊勢《いせ》湾にそそいでいく。

家康も忠次もあまりの素晴らしさに圧倒され、息を呑んで立ちつくすばかりである。景色の雄大さもさることながら、信長の演出が見事に功を奏していた。

「どうじゃ、忠次」

信長は初めて来た忠次の感想を聞きたがった。

「話には聞いておりましたが、これほど見事とは思いませんでした。百聞は一見に如《し》かずでございます」

「見渡すかぎり余の所領じゃ。天下布武の日も近い」

「まことに岐阜は、水路と海路、東西南北の街道が交わる天下枢要《すうよう》の地でございます」

美濃《みの》の斎藤《さいとう》氏との戦いに勝ってこの地を押さえ、商業や流通の振興策によって天下有数の商都にしたのは、信長の見識と手腕によるものである。

忠次は眼下の景色をながめながら、そのことを痛感したのだった。

「家康、この間ここに来た時、余が語ったことを覚えておるか」

「伊吹《いぶき》山の向こうに琵琶湖《びわこ》がある。そこをくまなく支配し、畿内に流れ込むすべての商い物を統制下におく。そうおおせでございました」

そうすれば伊勢湾ばかりでなく、日本海から敦賀《つるが》湾をへて来た荷物も、瀬戸内海《せとないかい》から大坂《おおさか》湾をへて運び込まれる荷物も、すべて支配できるようになる。徴収できる津料《つりょう》（港湾利用税）や関銭《せきせん》（関税）は莫大《ばくだい》な額になるし、全国の流通を支配することもできる。

信長はそう考えていたのだった。

「あの時そちは、琵琶湖の水運の利権は比叡山延暦寺《えんりやくじ》が握っているゆえ、それは難しいと申したな」

「おおせの通りでございます」

「しかし見よ。今や延暦寺などどこにもあるまい」

四年前、信長は浅井《あざい》、朝倉《あさくら》勢と通じて刃向かった延暦寺をことごとく焼き払い、僧俗男女三千余人をなで斬りにしたのだった。

「余は近江《おうみ》の安土《あづち》に城を築き、やがて岐阜から移ることにした。琵琶湖の水運を今の何倍も盛んにし、畿内ににらみをきかせて、天下布武を急がねばならぬ。それまでにあと何年かかると思う」

「それがしごときには、想像もできぬことでございます」

「あと七年で武田を亡《ほろ》ぼすと、そちは長篠で申したではないか」

「申し上げました」

「ならばそれが天下布武が成る日じゃ。先の公方《くぼう》が毛利輝元《もうりてるもと》の庇護《ひご》を求め、備後《びんご》の鞆《とも》の浦《うら》に御所を構えようとしておる」

「存じております」

その知らせは甲賀《こうが》忍者の伴与《ばんよ》七郎《しちろう》ばかりか、足利義昭《あしかがよしあき》の側近である一色藤長《いっしきふじなが》からももたらされていた。

「公方は西の毛利、東の武田をつなぎ、再び余に勝負を挑もうとしておる。それゆえ先に武田を亡ぼし、返す刀で毛利を討って天下を統《す》べるが、余の仕事はそれで終わりではない。分かるか」

「南蛮のことでございましょうか」

「そうじゃ。今では我が国が買い入れる硝石や鉛の大半は、ポルトガルの商人が押さえておる。しかも奴《やっ》らの造船や航海の技術は我が国よりはるかに優れ、鉄砲や大砲の威力も大きい。もしポルトガルが本腰を入れて日本に攻めてきたなら、これを撃退するのは容易ではあるまい」

しかしポルトガルには、今のところそれができない理由が二つある。信長は二本の指を立て、熱心な教師のように家康に教え込もうとした。

「ひとつは我が国に攻め込むだけの軍勢を持たないことだ。その不足を補うために、どんな手を使うと思う」

「西国の大名に肩入れして天下を取らせ、意のままに操ろうとするのではないでしょうか」

「それを防ぐにはどうすれば良い」

「防ぐには、でございますか」

家康はひと呼吸間をおいた。

うかつなことを言えば、そちがやれと押し付けられかねない。しかしここまで話に踏み込んだからには、無策のふりをして逃げるわけにもいかなかった。

(勝てぬ相手の矛先《ほこさき》を、どうかわすか)

そのことなら家康は嫌というほど経験している。

強大な今川《いまがわ》家の力にひれ伏し、八歳から十九歳まで駿府《すんぷ》で人質になっていた身なのである。

「ポルトガルとよしみを結び、信用できる相手だと思わせることだと存じます」

「ほう。そちはいくつになった」

「三十四でございます」

「よい年頃じゃ。考えも相応に練れておる」

信長は満足そうにうなずき、余も長年信玄坊主とそのように付き合ってきたと言った。

「ポルトガルが攻めて来ぬもうひとつの理由は、スペインへの気兼ねじゃ。ポルトガルとスペインは、世界各地で領土をめぐって争っている。ポルトガルが一方的に日本を攻め取ろうとしたなら、スペインが妨害に出るやも知れぬ。そう考えて、手を出しかねているのじゃ」

「恐れながら、上様はどうしてそのようなことをご存じなのでしょうか」

「堺《さかい》の商人の中には、マカオやルソンまで船を出して商いをしている者がいる。その船に手の者を乗り込ませておるのだ」

硝石や鉛を安定して輸入できなければ戦には勝てない。信長が堺を支配して南蛮貿易を独占しようとしてきたのはそのためだが、すでにその先を見据え、密偵を送って情報収集にあたらせているのだった。

「ポルトガルとスペインがこうしてにらみ合っているうちは、動くおそれはあるまい。恐るべきは両国が手を握り、我が国を分割する約束をして攻め込んで来ることじゃ。そちと信玄坊主が、今川を滅ぼして遠江と駿河を分け合ったようにな」

「そのようなことが、本当に起こるのでしょうか」

「確かなことは分からぬが、両国ともそちらに向かって動き始めているようじゃ」

信長は近習に命じて地球儀を運ばせた。

以前家康に見せたのと同じものだが、球形の上から下まで赤い線が引かれている。線は日本の東部を分断し、さらに南へとつづいていた。

「この線は何だと思う」

「分かりません。面目なきことながら」

「恥じずともよい。余も近頃知ったばかりじゃ」

信長は遠くを見はるかす目をして、ポルトガルとスペインが世界を分割するために定めた境界線だと言った。

この背景には世界の大航海時代を主導した両国の、欲をむき出しにした取り決めがあった。

コロンブスを支援してアメリカ大陸を発見したスペインと、ヴァスコ・ダ・ガマを支援してインド航路を発見したポルトガルは、それ以後新天地における植民地獲得競争をくり広げた。

そのために各地で衝突を引き起こすようになり、一四九四年にローマ法王の仲介によって、植民地を分け合うためのトルデシリャス条約を結んだ。

西アフリカのセネガル沖にあるカーボベルデ諸島の西三百七十リーグ（千七百七十キロ）の海上を通る子午線（西経四十六度三十七分）を境界線とし、これより西のアメリカ大陸はスペイン領、東のアフリカやインドはポルトガル領にするというものだ。

両国の争いはこれで解決したかに見えたが、やがて新たな問題が発生した。

ポルトガルはインドから東南アジア、そして明国《みんこく》のマカオに進出し、スペインは太平洋を横断し、フィリピンのマニラに拠点をおいた。

そのために東アジアにおいて植民地獲得競争をくり広げるようになったのである。

彼らの標的はモルッカ諸島（インドネシアのマルク諸島）でとれる香辛料（丁字な

ど）と、石見《いわみ》銀山で産出する銀、それに九州各地の火山地帯で産する良質の硫黄《いおう》だった。

いずれもヨーロッパに運べば莫大な金額で売りさばける。

それに火薬の原料である硫黄は、東南アジアでは産出しないので、鉄砲や大砲の力によって植民地拡大をつづける両国にとって垂涎《すいぜん》の的だった。

そこで両国は東アジアでの境界線を定めるために、一五二九年にサラゴサ条約を結んだ。

モルッカ諸島の東二百九十七・五リーグ（千四百二十五キロ）を通る子午線（東経百四十四度三十分）を境に、西をポルトガル、東をスペイン領と定めた。

現代の正確な測定によれば、東経百四十四度は北海道東部を通っている。

ところがこの当時は、出羽《でわ》から関東にかけての東経百四十度あたりだと誤認されていたのだった。

「このサラゴサ条約によってモルッカ諸島はポルトガルのものになった。このことにスペインは大きな不満を持ったが、表立って手出しはできなかった。なぜだと思う」

「ポルトガルの力が大きかったからでしょうか」

「これを見よ。スペインはマゼラン海峡を抜け、太平洋を渡ってマニラに拠点を作った」

信長は地球儀を引き寄せ、その航路をなぞった。

「ところが長らく、マニラからノベスパニア（メキシコ）にもどることができなかった。それに適した海流と風を見つけることができなかったからだ」

「それではマニラに来た者たちは、どうするのでしょうか」

「ポルトガルの航路と港を借り、インドやアフリカを通って本国に帰るしかなかったそうだ。これではポルトガルと争うことも、対等に話をすることもできまい」

「さようでございますな」

家康はあまりに広大な話に当惑し、忠次と顔を見合わせた。

「優位に立ったポルトガルは、日本との交易を独占しようと、鉄砲を売り込みに来たり、イエズス会のフランシスコ・ザビエルを遣《つか》わしてキリスト教を広めようとした」

「恐れながら、鉄砲を伝えたポルトガル人は、種子島《たねがしま》に漂着したと聞きましたが」

忠次が家康の代わりにたずねてくれた。

「たわけ。鉄砲を売り込むために、王直《おうちょく》という明国人の船に乗って来たのじゃ。日本で鉄砲が使われるようになれば、硝石と鉛を売り込むことができる。銀や硫黄と交換することもできる。そう考えて商いの種をまくのが、西洋人のやり方じゃ」

「恐れ入りましてございます」

「それゆえ余も南蛮貿易をおこなうために、イエズス会を保護してポルトガルとの関係を良好に保ってきた。ところが十年ほど前から、ポルトガルの優位が崩れ始めたのだ」

その原因は、スペインが北太平洋の環流と偏西風を利用してマニラからノベスパニアにもどる航路を開拓したことだ。

このためにスペインは東アジアで獲得した富と商品を、直接本国に送れるようになったのである。

「問題はその航路にあるのじゃ」

信長はもう一度地球儀を引き寄せた。

「マニラから黒潮に乗ったスペインの船は、薩摩《さつま》、土佐《とさ》、紀伊《きい》、伊豆《いず》、上総《かずさ》、そして奥州《おうしゅう》の沖を通ってノベスパニアに向かっていく。その時に必要となるのは何だ」

「水と食糧だと存じます」

家康は生真面目な生徒のように答えた。

「その通りだ。しかも大海原への航海に出る前に、奥州のこのあたりで補給するのがもっとも都合がよい」

信長が地球儀に描かれた日本地図をさした。

あまりに小さいので指で隠れてしまいそうだが、陸奥《むつ》の石巻《いしのまき》湾が最適だと考えているようだった。

「しかもサラゴサ条約によれば、奥州はスペインの領土と決められている。そこで奴らはポルトガルと交渉し、条約に従って日本を分割しようと持ちかけておる」

「ポルトガルはそれに応じるのでございましょうか」

「応じる方向で交渉しているようだ。石見の銀や九州の硫黄を確保できるなら、奥州などくれてやっても構わぬのであろう。それに太平洋を往復する航路を発見して以来、スペインはマニラの軍船や兵力を増強している。ポルトガルとしては、スペインと戦う危険をおかすより、利益を分け合ったほうがいいと考えているのだ」

まったくたわけた奴らではないか。信長は憤懣やる方なげにつぶやいて話をつづけた。

「余が天下布武を急ぐのは、奴らの奸計《かんけい》から我が国を守るためだ。一日も早くこの国を統一し、国の力を結集して奴らに立ち向かわなければ、この危機を乗り切ることはできぬ。分かるか、竹千代《たけちよ》」

「今までそのようなことを考えたことはございませんでしたが、お話をうかがって初めて、我が国が置かれている状況が分かりました。目からうろこが落ちた心地でございます」

「余は鉄砲を手にし、これを使うためには硝石と鉛を南蛮から買い入れねばならぬと知った時から、奴らが仕掛けたカラクリに気付いた。そしてやがてはこの国を支配するつもりだと分かり、怒りと憤《いきどお》りに夜も眠れぬほどだった。だが、この国の輩はどうじゃ。そんなことなど夢にも思わず、領土がどうだ官位がどうしたなどと、愚にもつかぬことで争っておる。朝廷だ寺社だ家柄だと既得の権益をふりかざし、寄ってたかって余を潰《つぶ》しにかかったではないか」

まさに信長が言う通りである。

信長と信長包囲網に加わった者たちの違いは、この国を世界の大航海時代に適応できる新しい体制に作り変えるか、それとも従来の制度のまま維持するかという姿勢にあった。

「だから余は、休みなく戦いつづけて敵を打ち倒すしかなかった。それは己一人の立身のためではない。天下のためなのじゃ」

「まさに、おおせの通りと存じます」

「ならば何ゆえ、余を信じぬ」

信長は急に怒りの矛先を家康に向けてきた。

「そちは伊勢長島での余のやり方に、内心不満を持っておろう」

「申し訳ございません。あまりに酷いと思っておりました」

家康は素直に謝った。

信長には嘘や誤魔化しは通じないと、幼い頃に熱田《あつた》で会った時から身にしみて分かっていた。

「一色藤長と音信を通じたのは、そのためか」

これには忠次が血相を変えた。やはりあんな返信などするべきではなかったと、生きた心地もしないようだった。

「他意はございません。向こうから誘いをかけてきましたので、応じるふりをして内情を聞き出そうと思ったのでございます」

「余とて無慈悲なことをしたくはない。だがポルトガルやスペインの脅威は刻々と迫っておる。時には鬼手《きしゅ》をふるって敵を震え上がらせなければ、この国を変えることはできぬのだ」

信長は話を打ち切り、部屋の一角にしつらえた道具で手ずから茶を点《た》てた。所作は美しく無駄がないが、少々せっかちである。湯の汲み方や茶筅《ちゃせん》のふり方に、もう少しゆとりがほしいところだった。

茶菓子はみたらし団子が一串、白磁の皿に盛ってあった。一口食べただけで熱田神宮で売っているものだと分かった。

幼い頃、熱田で人質になっていた家康のもとに、信長はこれを持ってきてくれたことがある。

好物だと覚えていて、わざわざ取り寄せたのだった。

「今日の正客は忠次だ。長篠ではよう働いてくれた」

信長は高麗《こうらい》の土色の茶碗《ちゃわん》に点てた茶を忠次に差し出した。

「かたじけのうございます。この左衛門尉《さえもんのじょう》、生涯の誉れにございます」

「ならばひとつ、頼みがある」

信長が間髪《かんはつ》入れずに追い打ちをかけてきた。

「何でございましょうか」

忠次もただ者ではない。瞬時に腹をすえ、ゆったりとしたゆるぎのない所作で茶を飲み干した。

「我が国は他国に攻め取られかねない、元寇《げんこう》以来の危機に直面している。これを防ぐには、次のような策を巡らすしかない」

信長は次客である家康のために茶を点てながら、この先の計略について語った。

「まずイエズス会を通じてポルトガルと強固な関係を結び、スペインと同盟して日本に攻め込むより、日本との交易を独占した方が得だと思わせることだ」

これは高度な外交的掛け引きだが、信長はすでにイエズス会を手厚く保護し、ポルトガルとは外交、交易においても良好な関係を保っている。

これをいっそう発展させ、交易の利益が上がるように仕向ければ、ポルトガルを日本の側に引き止めておくことが出来るはずだった。

「そうして時間を稼ぎながら、イエズス会やポルトガルから西洋の知識や技術を学び取る。鉄砲、大砲、建築、土木、造船など、あらゆる分野の最新の技術を学び、それらを活《い》かして天下統一をはたす。これを七年のうちに成し遂げねばならぬ」

だが問題はそれだけではなかった。

強大な外敵と戦うためには、国内の力を結集し一丸となって戦える体制を作り上げなければならない。

政治も外交も信長の指示通りに動く中央集権体制を確立し、財政基盤を揺るぎないものにするために全国で検地を行う必要がある。

これは地方分権になじんだ日本人にとってかなり受《う》け容《い》れ難く、抵抗する者も多いはずだった。

「しかる後に、ポルトガルと同盟してスペインを討つ。そして次にはポルトガルを追い払い、奴らが支配していた地域に我々が進出して、西洋諸国と対等に渡り合えるようにするのだ」

信長は家康のために色絵のついた茶碗を用いた。

安南《あんなん》（ベトナム）から輸入したもので、朱色の花の絵柄が鮮やかだった。

「そうなるまでにあと二十年はかかるだろう。しかも余の力だけで成し遂げられることではない。家康と徳川家の力が何としても必要なのじゃ。そのためには忠次、家老たるそちが家康を支えてくれねばならぬ」

「それがしは主《あるじ》の申し付けに従うばかりでございます」

忠次が即座に答えた。

「それで良い。家康とて迷うこともあろう。その時には、今日ここで余が語ったことを思い出すように進言してくれ」

信長は安南の茶碗に点てた茶を家康に差し出し、高麗の茶碗を引いて忠次のために二服目を点てはじめた。

茶席を終え、馬の口取りに導かれてふもとの御殿に向かった。

陽《ひ》は西に傾き、木陰には薄闇が広がっている。吹き来る風もひんやりとして、来た時とは様相が一変していた。

馬を操るのは、上りより下りの方が何倍も難しい。馬体にさえぎられて脚元が見えないし、ついつい前のめりになる。

余程うまく鐙を踏み背筋を伸ばして均整をとらなければ、馬が脚を止めた拍子に転がり落ちかねなかった。

先頭を行く信長は馬術の天才である。しかも通い慣れた道なので、居眠りでもしているように体の力を抜ききっている。

後ろについた家康は、不様《ぶざま》なことにならないように細心の注意を払いながら鞍の前輪《まえわ》につかまっていた。

信長から教えられたことが、背中にずしりとのしかかっている。信長があれほど遠大な目標を持って戦っているのなら、これからどれほど大きな負担を強いられるか想像もつかなかった。

それでも気持ちは高揚している。

信長が語った世界の状況、それに対応するために我が国が取るべき道。これまで想像もしていなかったほど生きる舞台が広がり、体の奥底からやる気がわき上がってきた。

第六章

伯父信元

天正三年（一五七五年）勢力図

ふもとの御殿に着くと、家康《いえやす》だけが信長《のぶなが》の居間に招かれた。

そこにはすでに酒肴《しゅこう》の仕度がしてあった。

「汗をかいたであろう。冷やした酒でも飲んでくれ」

信長がペルシャのガラス瓶に入れた酒を勧めた。

井戸水で冷やした酒が、甘い香りとともに上気した体にしみ込んでいく。酒はやっぱり日本酒に限ると思った。

「つい長話になった。ここではゆっくりくつろいでくれ」

信長も珍しく酒を口にした。

上機嫌はつづいているようだが、気を抜くことはできなかった。

「スペインの航路のことだが」

信長は盃《さかずき》をおくなり、気掛かりでならぬと言いたげに話を蒸し返した。

「黒潮は伊勢《いせ》湾の沖を流れておる。秋になって西風が吹くようになれば、スペインの船がはるか沖を通っておるのだ。それを思うと居ても立ってもおられぬ気持ちにならぬか」

「申し訳ございませぬ。それがしには」

それだけの知識も想像力もなかった。

それゆえ戦《いくさ》に勝って領国を拡大する程度のことしか考えられなかったと、家康は痛切に思い知らされていた。

「さっきも言った通りじゃ。余はそちの力を頼みにしておる。それがいかほどのものか、長篠《ながしの》の戦いで見事に示してくれた」

「上様が援軍を送ってくだされたからこそ、あのように鮮やかに勝つことができたのでございます」

「いらぬ謙遜《けんそん》をするな。余の援軍をどう使うかまで考えに入れて策を立てたのは、そちの手柄じゃ。それゆえ」

信長は少し間をおき、そちを警戒しなければならなくなったと、油断のない目を向けた。

「三河《みかわ》を取り上げ、信康《のぶやす》に任せるようにしたのはそのためじゃ。だが、これは本意ではない。そちが余に従っている限り、徳川《とくがわ》家の分断をはかるようなことはいたさぬ」

「ははっ。かたじけのうございます」

家康は差し出された盃を受け、泰然と飲み干した。

急に味がしなくなったように感じたのは、この先の対応を考えるあまり神経が舌にいかなくなったからだった。

「伊勢《いせ》長島《ながしま》の一向一揆《いっこういっき》をつぶし、紀州《きしゅう》から東国への流通路は断った。だが雑賀《さいか》には数千の船と三千挺《ちょう》の鉄砲を持つ一揆どもが屯《たむろ》し、大坂本願寺《おおさかほんがんじ》を支えておる。次の目標はこれを潰《つぶ》すことだ」

「雑賀攻めは、いつ頃になりましょうか」

「二年先か三年先か、それはまだ分からぬが、陸上からばかり攻めても雑賀を潰すことはできぬ。伊勢長島のように海上に水軍を配し、敵が逃げ出すのを防がなければならぬ」

そのための水軍を伊勢湾で編成し、水野信元《みずののぶもと》を大将にする。その旨《むね》伝えるようにと、信長は家康に申し付けた。

「恐れながら、水野下野守《しもつけのかみ》どのは上様に従っておられると存じますが」

「これまではそうであった。見所があるゆえ知多《ちた》半島を安堵《あんど》し、水運の差配も任せてきた。ところが近頃は余に不満があるようでな。まともに働こうとせぬ」

「体に傷を負われたため、充分な働きができなくなったと聞きましたが」

「理由などどうでも良い。そちの配下につけるゆえ、雑賀攻めで手柄を立てるように申し付けよ」

これはまた過酷な命令である。

信元は早くから信長と同盟を結び、桶狭間《おけはざま》の戦いの後には家康と信長の和睦《わぼく》を仲介する働きをした。

それ以後しばらく、信長の命令は信元が家康に伝えていた。つまり信元は信長の直臣《じきしん》であり、家康より上の地位を与えられていたのである。

ところがこれを見直し、家康の配下にするという。誇り高い信元にとって、耐えがたい屈辱にちがいない。

それに家康にとっても有《あ》り難《がた》いことではなかった。

信元を配下にすれば、知多半島を勢力下に組み込むことはできるが、信元が雑賀を攻めるのを直接支援しなければならなくなる。

水軍の整備が遅れている徳川家にとって、これは大きな負担だった。

「ところで、そちの嫁は今川《いまがわ》家の出であったな」

信長はふと思いついたふりをした。

「さようでございます」

「息災か」

「出家して尼になっております」

「それでは何かと不便であろう。離縁して後添《のちぞ》いを迎えたらどうじゃ」

「あれにはいろいろ苦労をかけましたゆえ」

家康が今川家と手切れし、信長と同盟したために、瀬名《せな》の両親は自害せざるを得なくなった。

それゆえ瀬名には負い目を感じ、何かと気を遣ってきたのだった。

「情け深いのは結構だが、それが仇《あだ》になることもある。母親が今川義元《よしもと》の姪《めい》とあっては、この先信康にも不都合なことがあろう」

「…………」

「今日は五徳《ごとく》が来るというので、お市《いち》も久々にもどっておる。そこで頼みだが」

奥御殿に忍んでいって、あれを何とかしてやってくれ。信長はその承諾を迫るように酒を勧めた。

「何とか、でございますか」

「知らぬ仲ではあるまい。皆まで言わせるな」

これまた難題である。

家康はひとまず用意された寝所に下がり、心を落ち着けてから信長の胸中を読み解こうとした。

（お市どのを、妻に迎えよということか）

瀬名を離縁しろとまで言ったのだから、きっとそうにちがいない。家康がお市を妻にすれば、信長とは義兄弟になり、絆《きずな》はさらに強まることになる。

信長がそれだけ見込んでくれたのだから決して悪い話ではないが、瀬名を離縁することには抵抗があった。

本人が望むのならともかく、ようやく手に入れた信康や亀《かめ》姫との平穏な日々を、力ずくで奪い取るようなことをしたくはなかった。

（しかし……）

申し出を断ったなら、信長は差し伸べた手を拒絶されたと取るだろう。

それは自分と運命を共にするつもりがないからだと判断し、どんな法外な要求をしてくるか分からない。

それだけは何としてでも避けなければ、徳川家の存立が危うくなりかねなかった。

「三河守《みかわのかみ》さま、ご無礼いたします」

ふすまの外でいきなり女の声がして、家康は飛び上がらんばかりに驚いた。

お市が先手を打って忍んできたのではないかと思ったのである。

「な、何でしょうか」

「湯屋の仕度がととのいました。ご案内いたします」

侍女である。家康はほっと胸をなで下ろし、世話をされるままに湯船の中の人となった。

以前、信長と一緒に風呂に入り、背中を流し合ったことがある。

あの時も信長はさり気なく、武田信玄《たけだしんげん》と同盟して今川家をつぶせと命じた。

そうして遠江《とおとうみ》を手に入れ、海路を封じて武田の弾薬入手を阻止すれば、信玄坊主は我らの軍門に下ると言った。

その時は夢のような話だと思ったが、今まさに信長が予言した通りになった。おそらくあと七年で天下を取り、二十年後には計画通り海外に進出するだろう。

その夢に寄り添って生きるためなら、瀬名を離縁するのもやむを得ないのではないか……。

（お市どのとは、知らぬ仲ではないのだ）

家康は覚悟を決め、ひときわ念入りに体を洗い始めた。

風呂から上がった時には、夜は深々とふけていた。

湯屋の外には侍女が待っていて、

「このままお越しになりますか」

手回し良く案内する構えを取っている。

「いや、少し休ませてくれ」

あれこれ想像して長風呂になったせいで思いのほか疲れていた。

それに夜着一枚をまとっただけの丸腰である。いくら信長の館《やかた》とはいえ、脇差《わきざし》もしていないようではあまりに不用心だった。

部屋にもどると火が灯《とも》され、冷やした酒が用意してあった。何と親切なことかと面映《おもは》ゆいほどだが、家康は酒を口にしようとはしなかった。

酔った勢いで忍んできたなどと思われては、お市に対して申し訳がなかった。

(さて、しからば)

行くとするかと、水を一杯飲み干してから腰を上げた。

「こちらでございます」

侍女が手燭《てしょく》を低くかかげて案内した。

朱色にゆらめく光が足許《あしもと》をまるく照らしている。空にかかる月は紙のように薄くなっていたが、幸い満天の星があたりを照らしていた。

奥御殿の入口まで来ると、侍女がぴたりと足を止めた。

縦長の御殿に幅広い廻り縁がめぐらしてある。

「ここを真《ま》っ直《す》ぐに行かれて三つ目の、隅のお部屋でございます」

さあ行け、とばかりに声をかけると、侍女は一礼して去っていった。

ここまで来て二の足を踏むような三河守ではない。脇差の柄《つか》をぐっと握り、気を丹田《たんでん》に集めて廻り縁に歩を進めた。

右手は枯れ山水の庭になっていて見通しが良い。刺客がひそんでいるとすれば左手の部屋しかないので、廻り縁の右端に近いところを歩いた。

リイリィイ

庭のどこかでコオロギが鳴いている。澄みきった声は夏の初めに出る小型コオロギだ。

リイリィリィ

虫が安心して鳴いているのは、まわりに不審な者がいない証拠だが、手練《てだ》れの忍びはそれを逆手に取るという。

「虫の音を口真似《くちまね》して、相手の油断を誘うのでござる。ご用心なされよ」

いつか服部半蔵《はっとりはんぞう》がそう教えたことがある。

家康は虫の音を止《や》ませぬように、奥山神影流《おくやましんかげ》直伝《じきでん》のすり足を用いて歩いていった。

一歩、また一歩。

足を進めるたびに緊張が高まるのは、家康の真心がなさしめるところである。まだ若いという証拠でもあった。

（そういえば、お市どのも……）

こうして忍んできたのだと思った。

あれは家康が信長と同盟するために、清洲《きよす》城をたずねた時のことである。桶狭間の戦いの二年後だから、家康が二十一歳。お市は五つ下だった。

夜、信長の重臣たちとの酒宴を終えて眠り込んでいると、ためらう気色《けしき》もなく部屋に入ってきたのである。

「お目覚めでしょう。ご無礼いたします」

落ち着き払った挑むような声で言うと、一糸まとわぬ姿で夜具にもぐり込んできた。

「信長どのの、お申し付けか」

家康は肝《きも》がつぶれそうなほど驚きながらも、冷静を装ってたずねた。

するとお市は、あなたもその程度のお方ですかと冷笑した。

「殿方はみんなそう。わたくしを信長の妹としか見ないで、大切にしたり怖《こわ》がったり」

「では、なぜこんなことをする」

「元康《もとやす》（家康の前の名）さまのお子が欲しいからでございます。ここに」

お迎えしとうございますと、お市は家康の手を秘所に導いたものだ。

あれから十三年……。

お市は信長に命じられて浅井長政《あざいながまさ》に嫁《とつ》ぎ、三人の娘をさずかった。

ところが浅井家が反信長の陣営に加わったために、小谷《おだに》城を攻め落とされ、長政が討ち取られる悲運にみまわれた。

その上信長に、夫の頭蓋骨《ずがいこつ》を薄濃《はくだみ》（漆《うるし》でかため金泥《きんでい》をぬること）にしてさらし者にされたのである。

心の傷は、今もお市の胸に深々と残っているだろう。

そんな妹のもとに忍んでいけとは、何とも法外な申し付けだが、これが信長流の愛情なのである。

「これで良い。心の切所《せつしょ》をこえなければ、強くはなれぬ」

そう言って卒倒したお市を抱き上げた信長の顔を、家康ははっきりと覚えている。

己《おのれ》を異常なばかりに強く律してきた信長の淋《さび》しさと哀《かな》しみが、無防備なばかりに表れていた。

信長もお市も共に救ってやりたい。そのためにはお市を妻にし、二人も三人も子を産ませればいいのだ。

家康は己にそう言いきかせ、部屋のふすまをそっと開けた。

部屋の中は暗かった。外からさす明かりでかろうじて中の様子が分かる程である。床の間の前に夜具が敷かれ、夜着を肩までかけた女が背中を向けて横になっていた。

香を焚《た》いたのか、夜着に香を焚き染めたのか、涼やかな香りが鼻をかすめていく。いかにも女の寝所らしい風情《ふぜい》の良さだった。

家康は敷居際で膝をつき、膝行《しっこう》して中に入った。後ろ手にふすまを閉めると、文目《あやめ》もわかぬ闇になる。

これではなるまいと三寸（約九センチ）ばかり開けたままで、

「お市どの、徳川三河守でござる」

堅苦しい名乗りを上げた。

「十三年前の返礼でござる。今宵《こよい》は子種をさずけに参り申した」

返答はない。目を覚ましているはずなのに、お市は何も答えないまま身を固くしていた。

「浅井家ご一門の不幸は存じております。お市どのもさぞ苦しい日々を過ごされたことでしょう。及ばずながらこの家康、その苦しみから立ち直る手助けをさせていただきとう存じます」

男女の秘め事も、剣の勝負と似たようなものである。打ち込むのは今だという汐《しお》がある。

家康はそれをつかみ、迷いなく夜着をめくってお市を背中から抱き締めた。

それでもお市は無言のまま体を固くしている。

このうぶな反応はどうした訳か。お市らしくないといぶかりながらも、家康は最後の念を押した。

「決してたわむれで忍んで参ったわけではない。共に生きようと、覚悟を決めてのことでござる」

耳の側《そば》に口を寄せてささやきながら、白小袖の身八つ口から手をさし入れて乳房をさすった。

何だか小さくなったようである。

苦労つづきでやせたのかと思いながら、小袖の紐《ひも》を解き、前をはだけて草むらの下まで手を伸ばした。

お市がピクリと体を震わせ、ぎゅっと両足をつぼめようとした。

（ん？）

家康とて少なからず経験をつんでいる。これは三人も子を産んだ女の反応ではないと即座に気付いた。

「誰だ、そなたは」

反射的に枕元においた脇差に手を伸ばした。

「お許し、お許し下されませ」

女はあわてて飛び起き、白小袖の胸元をかき合わせながらわびた。

二十歳《はたち》ばかりの面長の娘だった。

「どういうことだ、説明してもらおう」

「お市さまのお申し付けでございます。徳川さまが忍んで参られるやもしれぬゆえ、身代わりをしろと」

「身代わりじゃと」

お市は信長の様子からそれと察し、いち早く身をさけたのである。こうした洞察力は、女のほうが男の何倍も鋭いようだった。

「念のためじゃ。名前を聞かせてもらおう」

「房子《ふさこ》と申します。織田信包《のぶかね》の娘でございます」

「信包どのといえば、上様の弟君ではないか」

「はい。お市さまは近頃、当家に身を寄せておられます」

「ならばそなたは姪であろう」

それなのにこんな役目をさせるのかと、家康はお市のやり方に腹を立てた。

「徳川さまはやがて天下に名を成されるお方ゆえ、肌が合えば側室にしてもらえとおおせでございました。それが織田と徳川の絆を強めることにもつながると」

「それで、お市どのはどこにおられる」

「徳姫《とく》さまの部屋でお休みでございます」

徳姫の側であれば、万が一にも家康が忍んでくることはない。お市の完全な作戦勝ちだった。

（二人の間に子ができたら、将来がどんなに楽しみだろう）

胸躍らせていた期待は無残に打ちくだかれたが、家康は心のどこかでほっとしていた。

「見事に袖にされ申した」

そう言って笑い話にすれば、信長への言い訳が立つからである。

「お市どのに伝えてくれ。今夜のわしは、侍従にしてやられた平中《へいちゅう》のようだと」

翌日、家康は岐阜《ぎふ》を発《た》って浜松《はままつ》に向かった。

信康は徳姫とともにあと数日残るという。

信長に取り込まれるのではないかと気になったが、岡崎《おかざき》城には平岩親吉《ひらいわちかよし》がいるので、うまく対処してくれるはずだった。

出発間際に房子が駆け寄ってきた。

「これをお渡しするようにと、お市さまが」

小声で言って結び文を渡した。

暗がりで見た時よりずっと美しい。こいつはしまったと、家康は若鮎《わかあゆ》でも釣り落としたような気分で走り去る房子を見送った。

家康は新しい馬を仕入れている。漆黒《しっこく》の体をした奥州《おうしゅう》馬で、名前は三方《みかた》ケ《が》原《はら》の戦いで死んだ愛馬を継いで松風《まつかぜ》とした。

体高は四尺八寸（約百四十五センチ）もあり、四肢はがっしりとしてたくましい。

性格はおとなしいが物怖《ものお》じしない強さがあり、家康とどこか似ていた。

松風にまたがり木曽《きそ》川沿いを進みながら、家康はお市の結び文を開いてみた。薄くすいた鳥の子紙には、香が焚き染められている。昨夜訪ねたお市の部屋と同じ香りだった。

水茎《みずぐき》の跡も鮮やかな文には、おおむね次のように記されていた。

「わたくしは侍従の君ほど意地悪な女子ではありませんよ。夫の喪《も》が明けぬゆえ、遠慮させていただきました。

かぞいろは哀れと見るらむ燕そら
ふたりは人にちぎらぬものを

ご用心下さい。わたくしの因縁があなたに移るかもしれませんよ」

『今昔物語《こんじやく》』の教養をふまえた見事な切り返しだった。

家康が「侍従にしてやられた平中のようだ」と言ったのは、巻第三十の第一「平定文《たいらのさだふみ》本院の侍従を仮借《かしやく》する語」にのっとっている。

平中という仇名《あだな》を持つ平定文が、本院に仕える侍従の君に思いを寄せ、ある雨の夜に忍んでいく。

ところが上手にかわされた上に、恥までかかされるはめになる。

そこで平中は侍従への思いを断ち切るために、おまるを盗み出して排泄物《はいせつ》を見ようとする。

そうして侍従の侍女がおまるを運び出すところを襲ってまんまと奪い取り、部屋にこもって中身を確かめてみる。

すると黄色の液体は丁字《ちょうじ》の香りがし、親指ほどの大きさの黄黒い固まりは沈香《じんこう》や白檀香《びゃくだんこう》などを練り合わせた黒方《くろほう》の香りがするではないか。

これはいかにと怪しんだ平中は、液体を飲み固まりをなめてみて、自分をからかうために排泄物に似せて作ったものだと気付くのである。

家康がこの平中に自分をなぞらえたのに対し、お市は同じ巻第三十の第十三「夫死ぬる女人後《のち》に他の夫に嫁がざる語」に記されている娘の歌を引いていた。

若くして夫を失った娘の両親は、将来のことを心配してさかんに再婚を勧める。

ところが娘は、自分が夫に先立たれたのは宿世《すくせ》の因縁によるものだから、再婚はしないと拒み通すのである。

娘の返事を聞いた父親は、次のように諫《いさ》めたと『今昔物語』は記している。

「我れ年すでに老いたり。事（死）近きに有り。汝《なんじ》、その後はいかにしてか世には有らむとする」

わしが死んだ後はどうやって生きていくのだとは、娘を思う真心に満ちた痛切な言葉である。

ところが娘は、燕《つばめ》の番《つがい》は連れ合いが死んだら二度と相手を作らぬという故事を引き、次のように言い張るのである。

「今軒下に燕の番が巣をかけています。その雄《おす》を殺し、雌《めす》の首に印をつけて来年を待ってご覧なさい。もしその雌が雄を連れてきたなら、私も再婚をいたしましょう」

両親は言われた通り雄を殺し、雌の首に赤い糸をかけて来年を待った。すると雌だけがもどって来たので、娘に再婚を勧めるのを断念したというのである。

お市が文に記した歌は、この娘が詠《よ》んだものだ。

つまり二度と再婚する気はないし、自分は宿世の因縁でこうなったのだから、うかつに近付くとあなたまで不幸になりますよ、と警告したのである。

（そんな馬鹿なことが、あってたまるか）

家康は軽い憤《いきどお》りを覚え、結び文を懐《ふところ》にねじ込んだ。

再婚しないと決めているのなら、それはそれでいい。だが夫に先立たれたのは宿世の因縁によるとは、絶対に承服できない了見だった。

戦で死ぬ者たちは数限りなくいる。残された妻もそれと同じくらい多い。

その者たちが宿世の因縁などと言って独身を貫くなら、一番報《むく》われないのは死んでいった夫なのである。

彼らは主君のため領国のためと言って戦に出るが、心の底で願っているのは家の存続と家族の幸せなのだ。もし自分が討死《うちじに》したなら、妻に後夫《ごふ》を迎えてでも家を守ってもらいたいのである。

それに再婚しても幸せになれないとは、とんでもない誤解である。

家康の祖母の源応院《げんおういん》は五度も夫を替えながらたくましく生き抜いたし、母の於大《おだい》も久松俊勝《ひさまつとしかつ》と再婚して幸せに暮らしている。

於大の妹の碓井《うすい》の方も夫と死別した後、家康の肝いりで酒井忠次《さかいただつぐ》と再婚し、三人の子を成しているのである。

(お市どのにも、そんな幸せがあることを教えてやりたいものだ)

いつか機会があるかもしれぬと、家康は心の中でひそかに腕まくりしたのだった。

帰途、岡崎城に立ち寄った。

信康があと二日岐阜に滞在することを、重臣たちに告げるためである。

「何ゆえ、そのようなことを」

お認めになったのですかと、石川数正《いしかわかずまさ》が気色ばんだ。

「徳姫さまは初めての里帰りじゃ。上様や信忠《のぶただ》どのと、ゆっくりと語り合いたいこともあろう」

「ならば姫さまだけ残してくれれば良かったのです。若殿は多感なお方ゆえ、信長公と行きちがいがあるかもしれませぬぞ」

数正は信康が信長に取り込まれることより、感情的な行きちがいから争いを起こすことを恐れていた。

「数正どの。お言葉を返すようですが、若殿とてそれくらいの分別は身につけておられまするぞ」

長年守役《もりやく》をつとめてきた平岩親吉が、ご心配は無用だと一笑に付した。

「しかし万一のことがあっては、三河を取り上げる口実を与えることになりまする。それを案じているのでござる」

「考えてもみよ。そうしたことが心配だから、我が子を連れて帰ると言えるか」

「もちろん言えますまい。しかし、他の口実をもうけることはできたはずでござる」

「そう思うのは、そちが上様を分かっておらぬからだ」

口先だけで何とかできる相手ではない。家康はそう言いたいのをかろうじてこらえた。

「ともかく二日後には帰るはずだ。あるいは上様の目付《めつけ》が同行するかもしれぬが、抜かりなく計らってくれ」

「何か良からぬことが、岐阜であったのでございましょうか」

親吉は気働きのできる男である。

家康の口調から異変を感じ取っていた。

「水野下野守どのを配下にせよと申し付けられた。しかも下野守どのを水軍大将にして、紀州雑賀を攻めよとのご下命じゃ」

「それは当家に、雑賀攻めの矢面《やおもて》に立てということでしょうか」

「雑賀攻めをいつにするか、上様も決めてはおられぬ。しかしやがてその時が来ると、覚悟しておかねばなるまい」

「よろしゅうござるか」

数正は黙っていられなくなり、発言の許しを求めた。

「雑賀攻めのことは、上様から下野守どのに伝えてあるのでございましょうか」

「いいや。わしから伝えよとおおせじゃ」

「それは……、一大事でございますな」

数正は桶狭間の戦いの直前に、信元が今川義元のもとに参陣するよう、刈谷《かりや》城に説得に行ったことがある。それゆえ信元がいかに強情で扱いにくいかを良く知っていた。

「確かに一大事じゃ。それゆえ久松佐渡守《さどのかみ》に使いを頼むしかあるまい」

重臣たちの了解を得て、家康は久松俊勝を呼んで緒川《おがわ》城への使いを申し付けた。

「これからは信元どのに、当家の与力《よりき》になってもらう。上様のご下知《げじ》はわしが伝えるが、所領の扱いについては今までと何も変わらぬ。下野守どのにそう伝えてくれ」

「承知いたしました」

俊勝は温厚な義父である。

信元との付き合いも長く、水野家の内情にも詳しかった。

「ついては連絡役となる者を一人、浜松城につかわしてもらいたいが、誰か心当たりはないか」

「下野守どのの末弟、忠重《ただしげ》どのがふさわしいかと存じます」

「分かった。ならばその旨、書状にしたためておく」

翌朝、俊勝は書状を受け取り、数名の供を従えて緒川城へ向かった。

それを見送って浜松城へ出発しようとしていると、二の丸の屋敷に住む於大の方がたずねてきた。

すでに五十ちかい。顔付きは相応におだやかになっているが、性格の激しさは相変わらずだった。

「夫から聞きました。水野家を家臣になされるそうですね」

「信長公のお申し付けです。こちらが望んだわけではありません」

「それならいきさつを書状にしたためて、兄上に知らせて下さい。そうしなければ兄上があまりに気の毒です」

「これは政《まつりごと》に関わることです。お口出しは無用に願いたい」

家康は思わず声を荒らげたが、於大は引き下がろうとしなかった。

「政とはいえ、あなたの伯父《おじ》ではありませんか。それに桶狭間の敗《ま》け戦の時、手を差し伸べてくれた恩人です。礼儀をつくすのは当たり前でしょう」

「分かりました。どうするべきか、浜松にもどってから考えます」

浜松城にもどってからも、家康は於大の求めに応じようとはしなかった。

信長に取り入るために嘘《うそ》の証言をしてくれと頼まれた時以来、信元に対してあまりいい感情を持っていない。

それに今はそれどころではなかった。

長篠の戦いに圧勝した余勢をかって、奥三河の作手《つくで》、田峯《だみね》、武節《ぶせつ》の諸城は手に入れたものの、遠江の武田方の城は無傷のまま残っている。

勝頼《かつより》が敗戦の痛手から立ち直って遠江に出てくる前に、これらの諸城を攻略しなければならなかった。

まず標的としたのは、三方ヶ原の戦いの時以来武田方に奪われたままの二俣《ふたまた》城だった。

家康は八千の軍勢をひきいて鳥羽《とば》山に布陣し、大久保忠世《おおくぼただよ》を大将として攻略に向かわせたが、依田信蕃《よだのぶしげ》を守将とする二俣城の抵抗は激しく、落とすことができなかった。

そこで二俣城の北東に位置する光明寺《こうみようじ》城（浜松市天竜区山東）を攻め落とし、後の指揮を忠世に任せて浜松城に引き上げた。

その直後、水野忠重が浜松城に着いた。

「お申し付けにより、兵五百をひきいて参上いたしました」

忠重は信元の末弟で、家康よりひとつ年上の叔父《おじ》である。背が高いすらりとした体格で、信元に似て端整な顔立ちをしていた。

「ご苦労である。城内の三の丸に屋敷を空けてあるゆえ、そこを使うがよい」

家康は初めから忠重を家臣として遇することにした。

「かたじけのうございます。兄から忠誠を誓う起請文《きしようもん》を預かって参りました」

「下野守どのは息災か」

「近頃は病《やまい》のせいか、昔のような覇気がありませぬ。これを機に家督も信政《のぶまさ》にゆずり申しました」

「鉄砲傷が元だと聞いたが、まことか」

「三方ヶ原で武田勢に撃たれたと聞いております」

(すると、あれは本当だったか)

家康はそう思いながら、差し出された起請文に目を通した。

徳川家の与力を命じられたからには、何事も家康の下知に従うと誓ったもので、
信元と信政の署名と血判がしてあった。

七月になって家康は、岡崎城から信康を大将とする五千の軍勢を呼び寄せた。

徳川家の総力を上げて遠江にある武田方の諸城を攻略するためである。

信康は平岩親吉と佐久間盛次《さくまもりつぐ》を従えていた。

盛次は佐久間信盛の従兄《いとこ》で、信長から信康の目付を命じられたのである。

(佐久間か……)

家康は顔を合わせるなり嫌な予感がしたが、表情はにこやかなままだった。

「父上、お久しゅうございます」

信康は南蛮胴《なんばん》の鎧《よろい》が似合う凛々《りり》しい若武者になっている。軍勢の統率ぶりも見事

なものだった。

「遠路ご苦労であった。我らはこれから東海道《とうかいどう》を東に向かい、武田方の城を攻め落とさねばならぬ」

「先陣はそれがしにお任せ下され。軍勢の調練ぶりを見ていただきとうございます」

「ならば頼む。まず掛川《かけがわ》城に入り、石川家成《いえなり》の軍勢とともに諏訪原《すわはら》城（島田市菊《きく》川《がわ》）を攻め落とす。親吉は城攻めの名手ゆえ、いろいろと教えてもらえ」

家康は親吉の指示に従えと念を押してから、初めて盛次に声をかけた。

「盛次どの、お久しゅうござる。このたびは倅《せがれ》が世話になり申す」

「近年体調がすぐれませぬゆえ、息子に家督をゆずって隠居しておりました。ところが急なご下命を受け、岡崎城に出向くことになり申した」

このような年寄りゆえ、たいした役にも立てませぬ。盛次はそう言って頭を下げた。

「おいくつになられましたか」

「五十六でござる。おそらくこれが最後のご奉公になりましょう」

翌日、徳川勢一万五千は浜松城を出て天竜《てんりゅう》川を渡り、見付《みつけ》、袋井《ふくろい》をへて掛川城に入った。

　ここで石川家成に迎えられ、人馬の足を休めてから諏訪原城攻めにかかった。武田勝頼が高天神城《たかてんじん》（掛川市上土方《かみひじかた》）を攻めるために築いたもので、城内に諏訪大明神をまつったことからこの名がついたという。

　家康は信康勢五千に鳥居元忠《とりいもとただ》の三千を加えて七月中旬から城攻めにかかり、八月二十四日には攻め落とした。

　その勢いのまま小山城《こやま》（榛原郡《はいばら》吉田町）を包囲し、大井川《おおい》西岸の征圧を目ざしたが、八月末になって武田勝頼が二万の軍勢をひきいて救援に駆けつけるという報が入った。

「二万だと」

　家康は耳を疑った。

　長篠の戦いからまだ三ヵ月ばかりしかたっていないのである。あれほどの痛手を受けた武田勢に、二万もの軍勢を出す力があるとは信じられなかった。

「信濃《しなの》、上野《こうずけ》、駿河《するが》から兵を集めたのでござる。すでに先陣は駿府《すんぷ》に到着しております」

服部半蔵《はっとりはんぞう》の配下が告げた。

その知らせ通り、勝頼の本隊は九月一日には駿府城に入り、三日には田中城《たなか》（藤枝市田中）まで進出してきた。

弓、槍《やり》、鉄砲の装備も厳重で、整然と隊列を組んでいるという。

「信玄公の遺徳であろう。さすがに見事なものじゃ」

家康は九月四日に牧野城《まきの》（攻略後、諏訪原城を改名）まで兵を引くことにしたが、すでに武田勢は大井川の対岸まで迫っていた。

「父上、それがしが殿軍《しんがり》を務めさせていただきます」

信康がためらいなく申し出た。

「大井川まで出て敵の渡河を防ぎますゆえ、その間に西側の道を通って牧野城に向かって下さい」

「分かった。敵は船を使って上流から攻めてくるかもしれぬ。先へ先へと物見を出しておくのじゃ」

武田勢は兵を二手に分け、牧野城を急襲するおそれがある。それを防ぐには、急いで撤退するしかない。

家康は後ろ髪を引かれる思いで陣払いをしたが、後に残った信康の働きは見事なものだった。

信康は家康の本陣旗を借り受けると、大井川ぞいに五千の軍勢を配して武田勢を迎え討つ構えをとった。

そうして背後の小高い山に本陣旗と大小の旗を並べ、家康の本隊と二段構えの陣を敷いているように見せかけた。

勝頼は長篠の戦いで、信長の本隊三万が後方に控えていることに気付かずに設楽《したら》ケ《が》原《はら》まで軍勢を進め、手痛い敗北を喫した。

その負い目をついて二段構えの陣を敷いているように見せかけ、敵の動きを封じようとしたのである。

勝頼はこの心理作戦にまんまと引っかかり、渡河にかかろうとしなかった。

上流から船を出して様子をさぐらせたり、別動隊を出して牧野城攻めにかかるように見せかけたが、信康は馬廻《うままわ》り衆《しゅう》をひきいて川ぞいの道を上へ下へと駆け回り、付け入る隙《すき》を与えなかった。

牧野城まで退却した家康は、信康の帰りを待って諸将を集めた。

「今日の信康の働きは見事である。倅がこのように立派に成長してくれたことを誇りに思う」

皆の前で誉《ほ》め上げ、着ていた陣羽織を信康に与えた。

黒ビロードの地に金糸で龍虎の縫い取りをしたものだった。

「金ケ崎《かながさき》の退《の》き口の時、羽柴秀吉《はしばひでよし》どのは一千ばかりの手勢で鶴翼《かくよく》の陣を敷き、一晩中明々《あかあか》と松明《たいまつ》を焚《た》いて大軍がいるように見せかけられた。今日のそちの知略は、それに勝るとも劣らぬものだ」

「かたじけのうございます。その時の話は、夜話の折に老臣たちから聞いております」

信康は月に二度、お焚火《たきび》の間に老臣たちを集めて夜話の会を開いている。

そこで酒を酌み交わしながら古今東西の合戦譚《たん》を聞き、実戦での参考にしていたのである。

「そのような精進こそ、ここぞという時に力になるものだ。のう、佐久間どの」

家康は盛次に声をかけ、従弟《いとこ》の佐久間信盛どのは「退《の》き佐久間」の異名をとったほど殿軍に長《た》けておられると持ち上げた。

「お誉めにあずかりかたじけない。このように立派な跡継ぎがおられ、うらやましい限りでござる」

「佐久間どののご嫡男盛政《ちゃくなんもりまさ》どのも、身の丈六尺（約百八十センチ）をこえる偉丈夫で武勇の誉《ほま》れが高いと聞きましたぞ。立派な子に恵まれるのは、親たる者の何よりの喜びでござる」

その日は信康らの褒賞だけにとどめ、翌朝再び皆を集めて先のことを話し合った。

「武田に二万の軍勢を動かす力が残っているのなら、我らもじっくりと腰をすえて攻略にかからなければならぬ」

それゆえいったん兵を引く。家康は一夜の間にそう決めていた。

「この儀、いかがでござろうか」

酒井忠次が意見を求めたが、反対する者はいなかった。

「ならば信康、兵をまとめて岡崎へ向かえ。今度はわしがこの城で殿軍をつとめよう」

信康勢が東海道を西へ向かうのを見届けると、家康は大井川の河原に布陣して敵の出方をうかがった。

ところが勝頼は小山城の守備兵を増やしただけで、牧野城に攻め寄せては来なかった。

一日二日と大井川をはさんでにらみ合いをつづけたが、三日目には駿府に引き上げていった。

「どうやら向こうも、戦は避けたいようでございますな」

忠次がほっと胸をなで下ろした。

「戦は金がかかる。まして武田は一万ちかい将兵を失ったのだ。遺族への見舞金だけでも莫大《ばくだい》な額になっただろう」

「武田の金蔵は底をついたということでしょうか」

「それでも後詰《ごづ》めをしなければ武田の威信は地におち、遠江の諸城を確保することはできなくなる。こうして出て来ただけでも、勝頼は凡庸《ぼんよう》ではないということだ」

実は徳川家の金蔵も底をつきつつある。長篠の戦いに勝つために大金をつぎ込んだために、秋の年貢《ねんぐ》が入らなければ戦費もまかなえないほどだった。

九月中頃に浜松城にもどり、まずは年貢の確保に全力をつくすことにしたが、十月になって信長から急使がとどいた。

武田勝頼が岩村《いわむら》城の後詰めに出ようとしているので、二俣城、犬居《いぬい》城の攻略を急げという命令だった。

「武田は九月初めに遠江に出て来たばかりだ。美濃《みの》の岩村城まで後詰めに出る余裕があるとは思えぬが」

「甲斐《かい》に入れた草から知らせがあったそうでございます。勝頼は十月半ばに二万の兵をひきいて甲府《こうふ》を発つとのこと」

使者は信長の朱印状を渡すと、お返事をいただきたいと迫った。

これを拒むことは、家康にはできない。承諾の書状をしたためて使者を返し、鳥居元忠を呼んだ。

「二俣城、犬居城を攻めよとのご下命だ。本多《ほんだ》、榊原《さかきばら》とともに兵をひきいて出向いてくれ」

信長の朱印状を示して申しつけた。

「武田が岩村城の後詰めに出たなら、南信濃まで出て退路を断てということでござろうか」

元忠はさすがに察しが早かった。

「そうした動きを見せるだけで、勝頼は後詰めをためらうであろう。上様はそれを狙っておられるのだ」

「上様という呼び方が、何やら板について参りましたな」

「そう言うな。わしとて思うことがいろいろある」

「承知いたしました。明日にも鳥羽山に出向き、大久保忠世どのと城攻めについて相談いたします」

「急がずとも良い。冬が来たなら二俣城も岩村城も持ちこたえることはできまい。将兵や弾薬を損じず、それを待つのだ」


家康の読みはぴたりと当たった。

徳川勢が二俣、犬居城攻めを強化したと聞いた勝頼は、信州高遠城《しんしゆうたかとお》（伊那市高遠町）まで出馬したものの、岩村城への後詰めを断念した。

これを知った秋山虎繁《あきやまとらしげ》は、将兵の助命を条件に十一月二十一日に降伏した。そうして岐阜城下に連行され、二十六日に長良川《ながら》の河原で磔《はりつけ》に処された。

岩村城の落城によって二俣城の将兵も抗戦の叶《かな》いがたきを知り、守将の依田信蕃が降伏を申し入れてきた。

その条件を詰めるための交渉に入った十二月中頃、岡崎城の平岩親吉から急使が来た。

「これをお渡しするようにと」

蠟《ろう》で厳重に封をした書状には、

「水野信元に謀叛《むほん》の疑いがあるので、岡崎城において究明するようにとのご下命があった。至急ご来城いただきたい」

そう記されていた。

「謀叛の疑いとは、どういうことだ」

「岩村城攻めの陣中で、水野家の将兵が敵に兵糧《ひょうろう》を売っていたそうでございます」

それが事実とすれば由々しき事態である。家康は二俣城の交渉を大久保忠世に任せ、取るものも取りあえず岡崎城へ向かった。

途中、吉田城に立ち寄って酒井忠次を同行させることにした。

不吉な胸騒ぎがおさまらない。何が起こるか予測もつかないので、忠次に側にいてほしかった。

岡崎城に異変はなかった。西の矢作川《やはぎ》、南の乙川《おと》を守りに当てた平山城は、いつものようにおだやかに鎮《しず》まっていた。

「皆には内密にしております。どうぞ、こちらに」

城外まで迎えに来た平岩親吉が、石川数正の屋敷に案内した。

「殿が来ておられることを、盛次どのに知られぬ方が良いと存じましたので」

「何かあるのか。妙な動きが」

「下野守どのに謀叛の疑いがあると訴えられたのは、佐久間信盛どのでございます」

信盛と盛次が共謀しているおそれがある。親吉はそう考えていた。

人気《ひとけ》のない屋敷に石川数正が待っていた。

気持ちを静めるためか、碁盤を前にして一人で石を並べていた。

「どういうことだ。詳しく聞かせてくれ」

家康は忠次を横に従え、親吉、数正と向き合った。

「岩村城攻めの最中、佐久間どのの配下が夜廻りをしていたそうでござる。すると十人ばかりが城に兵糧を運び入れようとしているのを見つけ、即座に撃ち殺したそうでございます。夜が明けて賊の正体を確かめたところ、水野家の沢瀉紋《おもだかもん》の胴丸をつけていることが分かったのでござる」

親吉が沈んだ声で訥々《とつとつ》と語った。

「そこで佐久間どのは信忠さまにこのことを訴え、ご本陣で下野守どのに事の真偽をただされたそうでございます」

弁舌に長けた数正が、後を引きついでいきさつを語った。

「ところが下野守どのは、当家の夜廻りが何者かに銃撃され、九人が死に二人が逃れてきた。二人の報告では敵は暗闇からいきなり撃ってきたと、真っ向から否定されたそうでござる」

「争いの現場に兵糧があったのでござろうか」

忠次がたずねた。

「ありませんでした。佐久間側は荷車に乗せた兵糧を敵がいち早く城中に運び入れたと言い、水野側は兵糧など運んでいないと言い張ったそうでござる」

「ならば佐久間どのは、下野守どのをおとしいれるためにそのような訴えを」

「それは分かりません。あるいは佐久間勢が敵と間違えて水野勢を撃ち殺し、責任をまぬがれるために兵糧を入れていたという嘘をでっち上げたのかもしれません」

数正は裏の裏まで読みつくす知恵と、少々ひねくれた性格の持ち主である。

それゆえこうした疑いまで抱くのだが、夜間に敵と間違えて身方《みかた》を撃つ事故は案外起こりがちだった。

「確かに真相は闇の中でござる。それゆえ下野守どの父子を岡崎城に呼び、究明を遂げよというご下命が、若殿にあったのでござる」

守役の親吉は、若殿という言葉に力を込めた。

「名指しか。信康を」

「盛次どのがそう告げられました。これは由々しきことと存じ、殿にご足労願ったのでござる」

信康が究明するなどと言ったら、誇り高い信元は激怒するだろう。そして潔白を証明するために、城を枕に討死すると言い出しかねない。

そうなれば信康の責任も追及されることになるのだった。

「分かった。わしが盛次どのと話すゆえ、ここに案内してくれ」

「よろしいのでござるか」

「わしが来ていることは、やがて知られるであろう。碁でも打ちに来たと言った方が収まりがよい」

　盛次は二人の護衛を連れてやってきた。

　身の危険を感じていることが、この事件の背後に何かがあることをうかがわせた。

「急にお呼び立てして申し訳ない。数正と碁を打ちに来たところ、下野守どのの謀叛の噂《うわさ》を聞いたので、甥《おい》として心配になりましてな」

「上様から火急の知らせをいただき、それがしも驚いており申す。事が穏便にすむようにと願うばかりでござる」

　盛次はいかにも信元に同情しているような物言いをした。

「この件は若年の倅には荷が重過ぎます。いかがでござろう。わしに任せていただけまいか」

「上様は信康どのに究明させよとおおせでございます。それに背《そむ》くことは、目付のそれがしにはできませぬ」

「なぜわざわざ、信康にさせようとなされるのでしょうか」

「三河国は信康どのが治めるようにと、お決めになったからでございましょう」

「確かにそうかもしれませんが、これは三河の問題ではござらぬ。徳川家と水野家、それがしと伯父の問題でござる」

だから自分が対処しなければならぬと、家康は強く言い張った。

「先ほども申しましたが、上様のご命令に背くことはできませぬ」

「ならばそれがしから上様にお願いします。先日岐阜を訪ねた時、約束していただいたこともありますので」

家康が背かぬかぎり、徳川家を分断させることはしない。信長はそう約束したのである。

それを楯《たて》に取り、岐阜城に急使をつかわして了解を求めたのだった。

信長の許しを得ると、家康は久松俊勝に再び信元への使者を命じた。

「信元どのの窮地については知っておろう」

「存じております」

「これは両家の存続に関わる大事になりかねぬ。伯父と甥、二人で知恵を合わせて切り抜けたい。そのために岡崎城に来ていただくよう説得してくれ」

「伯父と甥、でございますな」

俊勝が念を押した。

「そうじゃ。年老いた母上を悲しませるようなことはしたくない」

「承知いたしました」

俊勝は翌日には早馬を飛ばしてもどってきたが、信元を同行してはいなかった。

「ただ今、家臣たちに当夜の様子を詳しく聞いている。真相が分かるまで、しばらく待っていただきたいとのことでござる」

「しばらくとは、何日くらいじゃ」

「あと半月はかかると」

「上様は急げとおおせじゃ。そんなには待てぬ」

何か知恵はないかと、家康は義父の才覚に望みをかけた。

「信元どのは知多一円、二十万石の大守《たいしゅ》でございます。無理強いをすれば、刀にかけてもと言い出されるやもしれません」

「わしもそれを案じている。他言はできぬが、上様はそうなることを望んでおられるかもしれぬのだ」

信元が挙兵すれば、水野家を託された家康が討伐を命じられるだろう。それをやり遂げたとしても、争乱の責任を負わされることになりかねないのだった。

「分かりました。今夜のうちに知恵を絞ってみることにいたします」

俊勝は翌朝早く本丸御殿にやって来た。

しかも於大の方を従え、妙に落ち着かない様子だった。

「下野守どののことで、奥が申し上げたきことがあると言いますので」

「ご無礼しますよ。事は一刻を争うようなので」

於大は許しも待たずに部屋に入り、よいしょと声をかけて家康の前に座った。

太りすぎか齢《とし》のせいか、近頃は膝を痛めて立ち座りに難儀していた。

「事の次第は夫から聞きました。これは水野家の存続に関わる一大事ですよ」

「それゆえ佐渡守に骨を折ってもらっています」

「兄はあのような気性ゆえ、へそを曲げれば手がつけられません。私を使いに出して下さい」

「母上を、ですか」

「兄と信政がこちらに来ている間、私は緒川城で人質になります」

それくらいの誠意を示さなければ、信元の心を動かすことはできないというのである。

「しかし、それでは……」

「何です。何をためらうことがありますか」

「究明の結果がどうなるか分からないのです。万一のことがあれば人質になった於大の命が危うくなる。そんな危険を背負わせたくなかった。

「水野の男は、敵に兵糧を売るようなケチな真似はいたしません。やがてそれが明らかになるはずです」

「しかし母上を人質に出したくはないのです」

「なぜです。あなたの体面に関わるからですか」

ほらね。あなたはその程度の男だ。於大がそう言いたげな目をした。

「殿、差し出がましいことを申しますが、奥の申すことはもっともと存じます。夫婦そろって里帰りをさせてやると、お考え下されませ」

「一緒に人質になると申すか」

「奥にこのような覚悟を見せられて尻込みするようでは、夫の沽券《こけん》に関わりますゆえ」

「分かった。それなら頼む」

家康は大きな不安を抱えたまま二人を送り出したが、この決断が吉と出た。

信元と信政は、その日のうちに岡崎城に来たのである。

しかも俊勝と於大を従えている。大晦日《おおみそか》も近い、十二月二十四日のことだった。

「当家は手元不如意《ふにょい》で、年も越せぬ有り様じゃ。二人に無駄飯を喰《く》わせる余裕はない」

信元は緋《ひ》色の鎧直垂《ひたたれ》を着て、熊の毛皮の陣羽織をまとっていた。

端整な顔に立烏帽子《たてえぼし》をかぶり、腰に酒を入れた金のひょうたんを下げている。往年の姿を彷彿《ほうふつ》させる鮮やかな出立《いでた》ちだった。

「これが当家の跡継ぎじゃ。会うのは初めてであろう」

信元が養子にした信政を紹介した。

信元の弟信近《のぶちか》の長男で、家康と同じくらいの年齢だった。

「お知らせしたように、岩村城での事件について究明せよと命じられております。さっそくですが、二人きりで話を聞かせていただきとう存じます」

家康は信元だけを対面所に案内した。

その背中に向けて、於大の甲高《かんだか》い声が飛んできた。

「伯父上は誠意を示して下さったのですよ。そのことを忘れないように」

対面所には大きな角火鉢が入れてあり、鉄瓶の口から盛んに湯気が立っていた。

「お茶でも召し上がりますか」

家康は火鉢を間にして信元と向き合った。

「いや、わしは酒がいい。すまぬが勝手にやらせていただく」

「手元不如意とは、岩村城の戦費ゆえですか」

「上様は近頃鳥羽《とば》の九鬼嘉隆《くきよしたか》を重用しておられてな。海運の用も九鬼がはたすことが多い。潮目が変わったということじゃ」

信長はこれまで武田家を正面の敵としていたので、東日本に通じる航路を重視していた。

だから伊勢湾から三河湾にかけての海運を掌握している水野家を重用した。

ところが長篠の戦いで武田勝頼に大勝し、東からの脅威が去ったために、これからは本腰を入れて大坂本願寺と一向一揆の討伐に乗り出そうとしている。

その時役に立つのは、伊勢、志摩から熊野《くまの》へ航海する技術を持つ海賊衆であり、彼らを支配下におく九鬼嘉隆の力だった。

「分かるであろう。上様にとって、わしは役立たずになったということじゃ」

信元はにやりと笑い、ひょうたんの酒をごくりと飲んだ。

「岩村城のことについて、どのようにお考えでございましょうか」

「考えなどない。あれは佐久間信盛の言いがかりだ。暗闇の中でいきなり銃撃されたと、生き残った二人の足軽が言っている」

「そのことを上様には」

「陣中で詮議《せんぎ》があった時、信忠さまに申し上げた。上様にも伝わっているはずだ」

「その二人と会わせていただけますか」

「構わぬが、何を言っても上様には聞き届けてもらえまい」

信元は吐き捨てるように言って、もう一口酒をあおった。

「何ゆえそうお考えでしょうか」

「そちも分かっていよう。改めてたずねるまでもあるまい」

「いいえ。分かりません」

だから教えてくれと、家康は言い張った。

「佐久間のような怠け者が、あの日に限って夜番の兵を出すか。あのような臆病者に、わしをおとしいれる度胸があるか。すべては上様が命じられたことじゃ。邪魔者を消し、知多を手に入れるためにな」

「………」

「それゆえいくら真実を訴えたところで無駄なのじゃ。この窮地を逃れる方法は一つしかない。そちに助命嘆願をしてもらうことじゃ」

そう覚悟したから、この身をそちに預けることにした。信元はそう言った。

「上様に伝えてくれ。助けていただけるなら、この下野守、次の戦で身命を賭《と》してお役に立ち申すと」

「承知いたしました。まずは二人の足軽の話を聞かせていただきます」

すぐに岡崎城に呼んでくれと、家康は話を切り上げた。

これ以上踏み込んだ話をすれば、自分の立場も危うくなる気がした。

その直後に大久保忠世からの使者が来た。

「本日、二俣城の明け渡しについて、交渉がまとまりました。明日にも城兵が退去いたします」

「さようか。城兵にねぎらいの酒と食べ物を差し入れよ。薪《まき》や炭も忘れるな」

城兵は半年もの間よく戦った。

降伏に義をもって報いるのは武士の心得であり、かつて信玄がほどこした温情への返礼でもあった。

この勢いで犬居城を落とせば、信元の助命嘆願もしやすくなる。家康はそう考えたが、二日後には非情の命が下った。

「殿、上様の命令が盛次どのから伝えられました。下野守どの父子を自害させよ、とのことでござる」

親吉が数正を従え、沈痛な面持ちで報告に来た。

「究明をとげよと命じられたばかりではないか。何ゆえ急にそのような」

「分かりません。盛次どのにたずねましたが、理由までは聞いていないとおおせられるばかりでございます」

「そんな理不尽な話があるか。盛次どのをここに呼べ」

「それが……、このことは信康どのに命じられたことゆえ、他の方はお口出し無用に願いたいと」

「他の方だと」

　家康は怒りのあまり膝頭をきつく握りしめた。

「算《もくろみ》多きは勝ち、算少なきは勝たず。戦場だけが戦いの場ではないということでござるな」

　すべてはここに導くための計略だったと、数正が冷ややかに分析した。

「どんな計略だ。聞かせてもらおう」

「殿もすでにお分かりでございましょう」

「いいや分からぬ。当家きっての切れ者に、解き明かしてもらおうではないか」

「長篠の戦いの後、殿から三河を取り上げて信康どのに与えられたことが一つ。下野守どのを殿の配下にしたことが一つ。岩村城攻めで佐久間信盛どのに讒言《ざんげん》させたことが一つ」

　極めつけは、佐久間一族である盛次を信康の目付にしたことだ。数正は能面のように表情を消して、信長の手の内を明かしてみせた。

　すべては信元を殺し、知多半島を取り上げるための策である。おそらく遺領二十万石は、佐久間に与えられるはずだという。

「そこまで読めるなら、その算を打ち破る手立てもあろう」

「すでに若殿は取られ、下野守どのは殿に押し付けられております。上様に従わぬかぎり、この窮地を切り抜けることはできません」

酒井忠次も交えて対応を話し合ったが、命令に従う他に家を保つ策はないということで一致した。

「わしはこれから大樹寺《だいじゅじ》に参籠《さんろう》する。忠次は警固《けいご》の者とともに同行せよ。後の手立ては二人に任せる」

「留守の間に片をつけよ、ということでござろうか」

親吉がたずねた。

「そうしてくれ。誰しも肉親の死を目のあたりにはしたくないものだ」

「承知いたしました。今日か明日には」

結果を報告できるだろうと、親吉は目を伏せたまま請け合った。

数日前に降った雪が、野山を白くおおっていた。

空は青く澄みわたり、頭上にかかる太陽があたりをまぶしいほどに輝かせている。

風はないが冷え込みが厳しく、馬の体を温めなければだく足に移れないほどだった。

　家康は矢作川の東の道を大樹寺に向かいながら、桶狭間の戦いに敗れ、この道を通って寺に逃れた日のことを思い出した。

　もはや頼れる者もなく、再起の望みを持てないまま馬を進めていると、従っていた家臣たちが次々と離れていった。

　石川数正や酒井忠次までが、一族の意向に逆らうことができずに去っていったのである。

　あの時は辛《つら》かった。

（家臣を恨んではならぬ。恨むなら、己の非力を恨め）

　涙を流すまいと天をにらみつけ、そう言い聞かせたものだ。

　しかし十九歳の家康には、そうするだけの気概と心の張りがあった。だから登誉《とうよ》上人の助言に応じてもう一度立ち上がることができた。

　今の家康はその時より辛い。

　徳川家を守るためには仕方がないと思っているものの、信長に手込めにされた敗北感、屈辱感はぬぐいようがなかった。

すでに登誉上人も世にいない。家康は本堂にこもり、阿弥陀《あみだ》如来像の前で念仏をとなえながら心の乱れを鎮めようとした。

知らせは夜になっても翌朝になっても来なかった。

何か不都合でもあったのかと案じていると、石川数正が境内《けいだい》に駆け込んできた。

「ご母堂さまがお気付きになったのでしょう。昨日から下野守どのの側から離れようとなされませぬ」

「知られたか。自害していただくように命じたことを」

「まだ誰にも話しておりません。しかし殿が参籠なされたと知って、何かを感じ取られたのでございましょう」

信元を岡崎城に呼んだばかりなのに、当の家康が城を空けるのはおかしい。於大はそんな不審を抱き、自分が側にいることで信元を守ろうとしているのだった。

「下野守どのをこの寺に呼べ。先祖のご位牌《いはい》の前で、語り合いたいことがあると伝えよ」

「ご母堂さまから引き離す方便でございましょうか」

「分かりきったことを聞くな、数正。介錯《かいしゃく》は親吉にやってもらう」

先に寺に到着したのは、二百ばかりの兵をひきいた平岩親吉だった。

それから半刻（約一時間）ほど遅れて、数正が信元と信政を案内してきた。

「このような所までご足労いただき、かたじけのうございます」

家康は信元だけを本堂に案内し、信政は別室で待たせることにした。

「この寺か。そちが厭離穢土《おんりえど》、欣求浄土《ごんぐじょうど》の教えをさずけられたのは」

信元は一昨日《おととい》と同じ出立ちで、腰に金のひょうたんを下げていた。

「そうです。あの時はここで命を終えるものと覚悟しておりました」

「あれから十五年がたった。そちはわしの手引きで大高《おおだか》城から脱出し、わしの勧めで上様と同盟を結んだ。今があるのは、わしのお陰《かげ》だと思わぬか」

「まことに、さようでございます」

「信長とて同じじゃ。わしのお陰で桶狭間の戦に勝ち、天下に号令する武将になった」

その二人がわしを殺すとは、因果な話ではないか。信元は苦笑しながらひょうたんを膝の前に置いた。

「何もかもご存じでございましたか」

「わしとて信長の動きをさぐる手立てを講じておる。その上でそちの助命嘆願に活路を見出《みいだ》そうと身を預けた。命綱に逃げられては、観念するしかあるまい」

「申し訳ございません」

「今川義元が高根山《たかね》に布陣するように仕向けたのは、わしじゃ。そのお陰で信長は、千に一つの勝ちを拾うことができた。ところが今となっては、何もかも知っているわしがうとましくなったのだ」

信元はひょうたんを引き寄せ、ゆっくりと時間をかけて酒を飲んでから、家康を真っ直ぐに見据えた。

「どうじゃ。わしと組んで信長を討たぬか」

「…………」

「ひとまず信政の首をさし出して恭順の意を示し、わしを岡崎城の牢に入れて助命嘆願をくり返す。そうして時間をかせぎ、紀州におられる将軍義昭《よしあき》公と手を結ぶのだ」

来年の春には義昭が毛利輝元《もうりてるもと》に迎えられ、備後《びんご》の鞆《とも》の浦《うら》に移ることが決まってい
る。そうして輝元を副将軍として幕府を再興し、武田、北条《ほうじょう》、上杉《うえすぎ》、島津《しまづ》に支援を
呼びかける手筈《てはず》である。
「これに我らが呼応すれば、信長を倒すことなどたやすい。幸い我らは将軍側近の
一色藤長《いっしきふじなが》どのとも音信がある」
「お断りいたします」
家康は決然と話を打ち切った。
「なぜじゃ。信長のやり方では天下を保つことはできぬ。やがてそちも切り捨てら
れることになるのだぞ」
「それがしは信長公の理想を信じ、この日本を世界に通じる国に作り変えたいと望
んでおります」
「年老いた母を泣かせたくない。伯父と甥で話がしたい。そう言ったのはお前だぞ」
「確かに申しました。しかし物事には優先すべき順序があります」
「信長の理想に従うことが第一番だと申すか」
「それがしの理想は厭離穢土、欣求浄土。この世を少しでも浄土に近付け、誰もが

豊かに暮らせるようにすることです」

それを実現する一番の近道が、信長の理想に従ってこの国を変えることだ。家康はそう信じていた。

「そのためなら、何を犠牲にしてもいいと言うのだな」

「犠牲にすべきかどうか、その時々に自分で決めます」

「さようか。見事に崖から飛び下りたようだな」

「………」

「忘れたか。崖から飛び下りるような思いを何度かすれば、於大の気持ちが分かるようになる。そう教えたであろう」

あれは今川を裏切って織田と同盟すると決断した時である。信元は桶狭間の戦いの真相を語り、義理や恩義などに縛られるなと叱《しか》りつけたのだった。

「伯父上はあの時、戦で負けるのも、知略で負けるのも同じことだ。知恵を絞り抜いた末にだまされたのなら、己の未熟さを悔やむしかあるまい。そうおおせでしたね」

「そんなに非情には生きられぬと、お前は泣いておった。ところが今や、わしなど犠牲にしても構わぬと腹をくっておる」

「あれから何度も崖から飛び下りましたゆえ」

「それならわしも本望じゃ。遠慮なくこの首をはねるがよい。ただし、ひとつ頼みがある」

切腹を見届け、死《し》に様《ざま》を子や孫に語り継いでもらいたい。信元はそう言った。それは子や孫の代まで水野家が立ち行くようにしてくれという意味でもあった。

「水野家のことは承知いたしました。当家がつづく限り、おろそかにはいたしません。しかし、立ち会うことだけはお許し下さい」

「怖いか。わしが腹をかっさばくのが」

「悲しいのです。何もできないことが」

「しおらしいことを言う。武田が撃った鉄砲弾が、わしの腹から出てくるところを見てもらいたかったが」

信元は空《から》になったひょうたんを阿弥陀如来像の脇《わき》にそなえ、花入れにでもしてくれと言い残して切腹の座に向かった。

家康は再び念仏をとなえながら、阿弥陀仏と向き合った。

伯父を犠牲にしていいはずがない。だが家と家臣と領民、そして己の理想を守る

ために は仕方がないのだ。

二つの考えの間で、心は頼りなく揺れている。弱さや迷いから救い出してくれるように祈りながら、ひたすら念仏をとなえた。

薄暗い本堂の中で、金のひょうたんが鈍く重い輝きを放っている。それが信元の生き様をこの世に留《とど》める、ただひとつの物のように思えた。

「殿、始末をつけ申した。見事なご最期でございました」

親吉が敷居際に平伏して告げた。胸元に返り血をあびていた。

「信政はどうした」

「逃げようとなされたので、討ち果たし申した」

その時、返り血をあびたという。

「苦労であった。水野家にこのことを伝え、家臣は当家に引き取るようにせよ」

「これを、殿に披露してほしいと」

親吉が三方に載せた鉛弾を差し出した。

腹を切り裂いた後、信元が自らつかみ出したものだった。

（第四巻につづく）

解説

熊谷達也

ロバート・ゼメキス監督の映画『バック・トゥ・ザ・フューチャー』のデロリアンがあったならば、過去にタイムトラベルをして本人と会ってみたいと思わせる人物の筆頭には、たぶんならないだろう、徳川家康という人は。ホトトギスのたとえ話にあるように、なんだか退屈そうな人というイメージが、どうしてもつきまとってしまうのである。

タイムマシンに乗って誰かひとりだけ歴史上の人物に会えるとしたら、同じ戦国時代であれば織田信長や豊臣秀吉、あるいは武田信玄や上杉謙信に会ったほうが面白そうだ。時代を下って坂本龍馬や西郷隆盛に、でなければ土方歳三に会うのもよいかもしれない。逆に時代を遡って源義経とか、いっそのこと聖徳太子にでも会えたらどんなにか興味深いだろう。

そうは思うのだが、実際にタイムマシンに乗って誰かに会ったとして、現代に戻って来る途中できっと後悔するに違いない。やっぱり徳川家康に会っておけばよかったと……。

あまねく知られているにもかかわらず、よくよく考えてみると、つかみどころがなくてなんだかよくわからないのが、徳川家康という人物だ。なにゆえ家康は江戸幕府の祖となり得て、その後の二百五十年以上にわたる、世界に照らしても類のないようなきわめて安定した、盤石で平和な社会の礎を築けたのか。

これは、大いなる謎である。封建制度のもとに鎖国をしたことで云々《うんぬん》、などという単純な話ではなさそうなことは、その後の江戸に花開いた大衆文化を思い浮かべれば、容易に想像がつく。なにせ、かのゴッホが憧れ、手本にさえしたのが浮世絵であるし、かわら版に象徴されるように、同時代においての識字率の高さが世界でも抜きん出ていたことはよく知られている。

多くの人々（庶民）が文化的なものを享受できるのは、社会が成熟している証拠だ。つまり、侵略者に怯《おび》えずにすむとともに、経済の基盤が整っている社会であり、食うだけで精いっぱいの社会ではなかった。しかも、最近になって見直されてきている、いわゆる持続可能な循環型の社会でもあったようだ。

そうした成熟が可能になったのは、最初の段階でよほど土台がしっかりしていたからにほかならない。結局のところ、すべては徳川家康まで遡ってしまうのである。いったいどういう人間だったのだろう、徳川家康という人は……。

しかし、案ずることなかれ。タイムマシンは存在する。安部龍太郎さんの『家康』こそが私たちのデロリアン、つまりタイムマシンなのである。一読者として安部さんの『家康』に没頭しているあいだ、まぎれもなく私たちは戦国の世を生きている。しかも、徳川家康という稀有な人物のすぐそばで。

ところで、どんなジャンルの小説でも、書き手の土台がしっかりしていないと、優れた作品は生まれない。私自身が小説の書き手なので、その事実をいやというほど思い知らされている。技術だけでも小説は書ける。だが、技術だけでは芯の通った強度のある小説は絶対に書くことができないのである。

そして言うまでもなく、歴史小説の書き手の土台とは、単なる知識の集約や蓄積ではない。膨大な資料をより分けたうえで、欠けている部分を想像力で補い、全体像を見通すことを可能にする、作家としての器と力量、そして嗅覚であり、そこから生まれる言葉の塊を歴史観と呼んでもよいだろう。それがないと、歴史小説の名を騙《かた》ったチャンバラ活劇にしかなり得ない。

たとえば、群雄割拠の戦国の世で、なぜ織田信長、豊臣秀吉、そして徳川家康の三名のみが、天下人となれたのか。それに対する明確な答えを、安部さんが持っているだろうことが『家康』からは読み取れる。

いったいなんのために天下を獲るのか、天下を獲ってなにをするのか、この三名のみが確かなビジョンを持っていた。単に天下を獲ることがゴールであった戦国大名たちは、結局のところそのゴールに辿り着けずに、いや、ゴールがどこにあるのかさえ知ることなく終わっている。

では、そのビジョンを、この三名のみがなにゆえ持ち得たのか。

あの時代にありながら、世界情勢を見据えたうえで日本という国を俯瞰しつつ、どうやって国家経済を回していくのか、その道筋を示せたからだと『家康』を通して安部さんは語っているように思う。

そして、そのキーパーソンが、家康ではなく信長であるところがとても面白い。信長というフィルターをくぐらせることによって、家康という人物をかえって生き生きと浮かび上がらせてしまう小説家としての手腕は、さすがだと脱帽するしかない。

さて、連続して六冊が刊行される予定のシリーズ第三弾が、本書『家康㈢　長篠の戦い』である。

元亀三年十二月二十二日（一五七三年一月二十五日）の三方ヶ原の戦いで武田信玄に大敗し、命からがら敗走した家康が、浜松城で年明けを迎える場面から物語は始まる。

再起を図った家康が二年半後、信長とともに武田勝頼の軍勢に打ち勝つことで歴史上の転換点になった「長篠の戦い」が、本書では物語の中心となっている。

数々の策謀や調略、あるいは裏切りが、臨場感たっぷりに描かれる詮議や軍議の場面を追っているだけで興奮するのだが、気づくと読者は、安部さんの歴史解釈に深くうなずいていることになる。そんな具合に、作家独自の歴史観を楽しみながら物語を読み進めることができるのも、歴史小説ならではの醍醐味だ。

あるいは、手に汗を握り、ときには凄惨な光景を思い描いて顔をしかめたくなるほどリアルな戦場の場面。静と動が巧みに織り交ぜられて進む物語は、純粋なエンターテインメントとしても一級品だ。

さて、ここで問題になるのは、いかに筆運びが巧みであっても、それだけではほんとうに魅力的な小説とはならない、違う言い方をするならば、魅力的な主人公は誕生しないということだ。

家康をはじめとする登場人物たちは戦国武将である。あえて冷徹な目で見れば、戦争屋であり、人殺しなのである。二十一世紀の平和な日本に生きる現代人の感覚では、通常ならば理解不可能な連中ばかりで、共感などできるはずがない。小説にリアリティを求めれば求めるほど、彼らの実像が遠のいていく。

ところが、安部さんの家康は、なぜか妙に魅力的で親近感が持てるのだ。いつの間にか家康に感情移入して、「頑張れ！」と応援したり「しっかりしろ！」と叱咤激励したりしている自分がいる。

これはいったいどうしたことか。なぜなのだろうと、一読者から小説家に戻ってしばし考えてみて、答えがわかった。

安部さんが描く家康は、一冊目の『家康㈠　信長との同盟』からそうだったのだが、さっぱりかっこよくないのである。まずは、自分の顔立ちや体つきに対して、コンプレックスの塊なのだ。外見だけではない。おれはなんて頭の回転が鈍いんだと、しょっちゅう嘆いている。さらに、やがては将軍となる戦国大名のくせに、実に臆病者なのだ。大きなプレッシャーがかかると無意識に左手の親指を噛む癖が、大人になっても直っていない。それればかりか貧乏ゆすりまで加わって、見かねた側近から、見苦しいからやめなさいと、注意を受ける始末である。あるいは、戦場で死にかけたトラウマに怯え、女性（たとえばお万の方）の胸の谷間に顔を埋《うず》めて「よしよし」と、赤ん坊のように背中をなでてあやしてもらわないと眠りに就けない情けなさ……。

この家康の人物造形に、いやはや、すっかりやられてしまった。

そうした家康の人間臭い魅力を引き出しているのが、母や正室、そして側室といった女性たちだ。彼女たちが一様に口にするのは、家康の優しさである。戦国時代にはは邪魔になりそうな「優しさ」こそが、家康の強さであることに女性たちはいち早く気づいており、やがては周りの誰もが、その魅力に引き込まれていくことになる。

最後に大事なことをひとつ。

信長は、自身の理想とした国家を完成させる寸前に死ぬことになるが、その後に秀吉が展開した中央集権的国家は、信長が描いた国の姿をかなり忠実に実現したものだったことが『家康』を読んでいるとよくわかる。

ところが、そこで大きな疑問が残るのである。なにゆえ家康は、信長が描き、秀吉が実現した国家像を否定して、江戸幕府という地方分権制の共和国的な国造りをしたのか……。

『家康㈥小牧・長久手の戦い』でいったん終わる本シリーズでは、その謎は解明されないだろう。ということは、安部さんが描くその先の家康を待ち焦がれるという楽しみが、私たちには残されていることになる。

ああ、それって、なんて幸せなことだろう。

――小説家

この作品は二〇一八年十月小社より刊行された『家康㈡
不惑篇』を二分冊し、副題を変えたものです。

家康《いえやす》（三）

長篠《ながしの》の戦《たたか》い

安《あ》部《べ》龍《りゅう》太《た》郎《ろう》

令和2年9月10日　初版発行

発行人——石原正康
編集人——高部真人
発行所——株式会社幻冬舎
〒151-0051東京都渋谷区千駄ヶ谷4-9-7
電話　03(5411)6222(営業)
　　　03(5411)6211(編集)
振替00120-8-767643
印刷・製本——中央精版印刷株式会社
装丁者——高橋雅之

検印廃止

幻冬舎時代小説文庫

ISBN978-4-344-43021-1　C0193　　あ-76-3

幻冬舎ホームページアドレス　https://www.gentosha.co.jp/
この本に関するご意見・ご感想をメールでお寄せいただく場合は、
comment@gentosha.co.jpまで。